U0930780

远藤周作作品

丑 闻

远藤周作作品

丑 闻

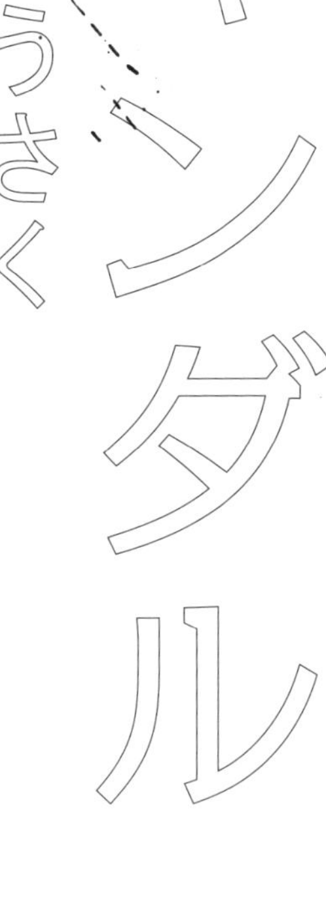

スキャンダル

えんどうしゅうさく

[日]远藤周作 著

丑闻

林水福 译

浙江文艺出版社
Zhejiang Literature & Art Publishing House

寻找另一个自己

远藤周作

人心内部是极为深奥的。对我们东方人而言,因佛教的唯识论在第五世纪起即深入分析人心,因此纵使不翻阅弗洛伊德或荣格等西欧研究深层心理学的著作,也早就了解这事实了。

与西欧深层心理学相同地,佛教的唯识论把现在我们所称的无意识、下意识叫作阿赖耶识。佛教告诉我们:在这阿赖耶识中,我们现在的行为会产生出无数种子,这些种子形成漩涡活动着,它们就是使我们心中不断地做出犯罪行为的原因。

暂且不论这种看法是否正确;总之,无论是佛教或西欧的深层心理学,都认为人心是深奥且多层的。

《丑闻》是一部探讨人心深处的作品。宛如窥视深洞似的，这部小说所要探讨的是光线达不到的黑暗世界。

因此，它的风格和我以前所有的小说完全不同，我采用了类似推理小说的手法，书中的主角好像刑警在追查犯人似的，一直在寻找“另一个自己”。

“另一个自己”无论是谁，除了表现在社会生活和家庭生活中的自己外，还有另一个自己。这“另一个自己”是他的朋友和家人都不知道的，或许是连他自己都没意识到的“自己”。

表现在社会和家庭中的自己与另一个自己，到底哪一个才是真正的自己呢？恐怕两者都是，谁都不能只拿其中之一而武断地说“只有这个才是自己”。

然而不暴露在他人面前的自己，隐藏在深层心理中的自己，深埋在无意识中的自己——这正是神所要追问的，因此我把《丑闻》当作是真正的宗教小说来处理，我想不断自我探讨的读者，一定可以了解到我的这个意图。

这次，《丑闻》由我敬爱的把兄弟林水福老师译出，我感到无上的喜悦！

目　录

丑闻 …………………………………………………………… 001

附录：《丑闻》的世界 / 林水福…………………………… 281

丑　闻

一

陈旧的椅子也许好久没上油了。医生看完检查表转过身时,发出"吱——"的声音。对这声音,胜吕来这家医院几次之后就习惯了。医生经常在发出"吱——"的声音之后才慢慢开口,今天也不例外。

"GOT①43,GPT②58,嗯,这次比标准值稍微高了一些;不过,一定不能太操劳,记得以前太操劳时,还超过400呢。"

"是!"

"肝要是硬化了,会有转变成癌症的危险,所以,无论如何不能勉强。"放心的心情像蒸汽似的上涨,上个月检查完后,胜吕知道工作对身体造成相当大的负担因此感到不安。他道了

① 即谷草转氨酶,正常值为8-40 U/L。——本书注释如无特殊说明,均为译者注

② 即谷丙转氨酶,正常值为5-40 U/L。

谢，心想这下可以安心地出席颁奖典礼了。

胜吕一看到在雨中沉默的皇宫，不知怎的就觉得很踏实。东京的风景，他特别喜欢这里。轿车在沿着护城河的道路上奔向会场。

他斜靠在车内的扶手上，望着沿着车窗流下的雨水，心想这次花了三年完成的作品，等下就要领奖了。自从当了作家之后，他得过几次奖，现在都超过六十五岁了，对于得奖就不像年轻时那么兴奋；不过，作品得到好评，也有助于自尊心的提升。然而自尊心的提升并不是现在心情的一切，更重要的是这部小说融合了自己的人生和文学，对这点他感到深深的满足。

轿车停下来，服务生打开车门。服务生的制服有股潮湿的味道。主办今晚颁奖典礼的出版社的年轻职员，已在自动门前方恭候着。

“恭喜您！我也感到与有荣焉！”

栗本是这次得奖小说的编辑，也是协助者。帮忙找资料，对“取材旅行”准备得相当周到。

“这都是靠你帮忙的。”

“哪来的话，不过，真是太好了，这是您文学的最高杰作。我们到休息室去吧？评审委员们也来了。”

典礼依请帖上的时间举行。以放有高麦克风的讲台为中心,得奖的他和评审委员分成左右两边,对面坐着百余名宾客。社长致辞之后,接着是评审委员之一的加纳演讲。

胜吕和加纳大约是同一时期登上文坛的,两人的交情已经超过三十年。年轻时,彼此对对方的作品都很敏感,有时反对,有时共鸣;过了四十岁之后,明白彼此的不同,就各走各的路了。

加纳面对来宾,谈他对胜吕作品的印象,右肩稍微高耸。他和胜吕一样,年轻时患过肺结核,动过胸廓成形手术,手术后的右肩疲劳时就自然抬起。双肩倾斜之处显现出这个男人的老态。如同胜吕为肝病所苦一样,加纳的心脏不好,口袋里常放着硝酸甘油片。

“胜吕在日本以基督教徒的身份成长,我想这对他来说在某种意义上是幸福的,可是在某种意义上也是不幸的。”

擅长演讲的加纳,为了提起大家对得奖者的文学核心问题的兴趣和好奇,采取“迂回战术”。

“胜吕的不幸是:在日本这风土中,必须把我们难以捉摸的神,当作可以理解的东西思考。因此,刚开始时,我们对他所说的不理不睬。从一开始胜吕就为自己想说的话所苦恼,如何把神的故事传达给毫无基督教背景的多数日本人呢?转眼间这已经是三十年前的往事了；换句话说在战争结束后不久，我们就认识了。那时候的他，经常是一副忧郁的模样。”

三十几年前在靠近目黑车站、名叫福助的小酒馆里，室内弥漫着旧榻榻米味道的二楼又浮现在加纳眼前。夏日黄昏，窗上斜挂着遮阳的窗帘，路上传来不知是谁吹奏的喇叭声。五六个青年斜靠在挂着日历的墙壁上，环抱双膝，严厉批评胜吕。日历上，泳装打扮的少女，戴着太阳镜骄傲地站立着，那时候的少女模仿驻日美军的女人戴太阳镜。当时身材瘦削，颧骨突出的加纳也在这些批评者当中。

“胜吕写的东西总有让人无法信服的地方。”

名叫斯波的男子用小指挖着耳朵说。

“胜吕还没有把握到真正的自我。让人觉得只是用脑子想出来的，不是真实的东西。”

对这种批评，胜吕无法反驳。

“这小子写的小说，有许多地方连他自己都没弄清楚，谈论神倒也无所谓，只是那思想不知是从哪位西洋人那儿借来的，不能完全相信！”

斯波边说，边用白眼往这边瞧。他似乎琢磨着自己的话到底会伤害胜吕到什么程度。

“小说和随笔是不同的！你想过能用意象把自己的主题

表现到何种程度？我真怀疑。”

胜吕把已经冲到喉头想辩解的话，给硬吞下去了；因为说出来也只是徒然拉长自己和朋友之间难以超越的距离。

（你们根本不了解一个男基督教徒在日本写小说的困难！）

他把这句话和残留在杯中的少许啤酒愤懑地饮下。可是，喝下的同时，胜吕明白斯波自己无法反驳对他的批评。因为自己也隐约觉得在内心深处似乎还隐藏着某些东西。

“那时候，在我们当中他经常像是被虐待的小孩。我们甚至曾硬要他放弃当基督教徒。战后，年轻的我们认为宗教就是弗洛伊德所说的，由俄狄浦斯情结产生的父亲形象的扩大；是马克思所说的鸦片、不合理性的迷信，基督教徒是不合日本人传统的伪善者。总之，我们不了解胜吕为什么不能放弃西方的神，这么麻烦的东西。何况他又不是自愿领洗的，是小时候听从已逝母亲的意思而领洗的，所以我们认为他的信仰不过是因‘习惯’或‘惰性’而产生的。各位都知道胜吕后来也以‘切支丹[①]时代’为素材发表了几篇作品，描绘被蛮横无理的官吏强迫弃教的可怜信徒。写那些东西时，或许在他的念头里

① 指自天文十八年（1549年）圣方济各·沙勿略布教以来，在日本广为传播的基督教，亦指基督教徒。切支丹为葡萄牙语 Cristão 的音译。

我也是以心肠狠毒的官吏形象出现的吧!”

会场响起一片笑声。胜吕也苦笑着,觉得朋友的演讲真是高明。挤满小小报告厅的宾客视线全被加纳所吸引。

“不过那时候,他经常辩解。他说被神‘逮到’的人就再也逃不了了。当然,我们是不会相信这么幼稚的话。可是胜吕后来在超过三十年的作家生涯中却顽固地证明了这句话给我们看,他把调和日本风土和宗教当作他的文学课题。到目前为止的几部作品就是他的奋斗过程,而这次的得奖作品就是他的成果。”

让观众轻松笑过后,引入严肃的主题,使演讲产生节奏感。坐在宾客席的几位女性的表情对这节奏感马上做出了反应。加纳当然也注意到了,偶尔偷瞄一下她们的表情,似乎在估量自己演说的效果。

“不过,胜吕了不起的地方是他并没有因为宗教而把文学给牺牲掉了;也没有把文学当成是和我们关系淡薄的宗教的仆人。换句话说,胜吕对就他的信仰而言感到厌恶的,人的丑陋、下流、肮脏的领域,也以小说家的身份深入探讨。因此他的小说没有变成‘为作者服务’的小说。”

加纳知道说这些会刺激胜吕的自尊心。那是某一时期特别让胜吕感到痛苦的问题。胜吕还记得那时他尊敬的外国老神父对他说：

“你、为什么、不写更美、更好的、故事呢？”

这么问的老神父是胜吕从孩提时代就认识的。从战前就在大阪的贫民街卖乳酪，照顾病人和孤儿，日本人称他作“外国良宽①”，认为是个奇人。他有一双葡萄色的眼睛和如婴儿般的天真笑容，只要一照面就会把对方顽固的心软化掉。胜吕每次看到他就不由得想起《圣经》里的词句：“好幸福呀！温和的人。”

有一天，这位老神父表情极为悲伤，嘀咕地说：

“过年时我读了你的小说。虽然有许多很难的汉字，还是读完了。我可以问你一些问题吗？”

“当然可以。”

“你为什么、不写更美、更好的、故事呢？”

这句话和那发自内心的悲痛表情，使胜吕后来在小小的写作室里移动铅笔时，也感到心痛。

尽管这样，他后来也没写过美的、纯净的小说。他的笔无论如何总会描绘作品中人物黑暗、丑陋的部分。身为小说家的他，不能忽略也无法漠视人拥有的是怎样的世界。

然而描写小说人物的狠毒心肠时，感觉自己的心肠也在

---

① 良宽（1758—1831）：日本江户时代后期曹洞宗的僧人、和歌诗人、汉诗人。性喜孩童，常与小孩玩耍。

同样变黑。为了描写丑陋的心，非让自己的心丑陋不可。为了描写嫉妒，不得不先把自己也浸泡在嫉妒之中，不得不先弄脏自己。小说写得越多，胜吕越了解人心深处发出的是怎样的臭气。有一阵子，他经常忆起那张脸和那句话。

“你为什么、不写更美、更好的、故事呢？”

随着岁月流转，胜吕对这问题想出了他自己的答案。因为他预感：如果那是真正的宗教，那么对人内心响起的黑暗旋律、不堪入耳的声响、厌烦的噪音也会有反应的。这种感觉在他作品的累积中逐渐变成信心，他总算从不安中获得救赎。

“胜吕文学的特征是：他为宗教中的罪寻找出新的意义和价值，很可惜非宗教信徒的我对罪是什么完全不了解。”

加纳讲到这里，故意做出讽刺性的沉默，有些听众为这沉默吸引，发出笑声。

“喜爱描写人的罪的胜吕，暗中摸索的结果是如作品中所显示的人在犯罪时也隐藏着‘再生’的欲望。胜吕说，任何罪，都隐藏着希望从现在令人窒息的生活或人生中，找出活路的欲望。我想或许这就是胜吕文学的特性。而这次的得奖作品很成熟地描绘了他独特的见解。”

加纳这时似乎想起遥远的往事，以沉静的语气说：

“我和胜吕的交往已超过三十年，仔细想想他大约从十年前开始，心境转为‘秋日黄昏，此路无行人’。我们小说家年过五十之后，对多年老友的文学虽然敬佩，但不会受其影响，相反地会在自己的文学园地，一铲一锄地不断挖掘、开垦，至死方休。我想胜吕和我都一样。”

加纳让大家静心倾听，准备进入结尾部分。

刚才接待他到休息室的编辑栗本站在来宾席后面。他带领迟到的来宾到空位上，也想一睹胜吕领奖时的风采。胜吕心想，事后要好好慰劳一下写这部小说期间默默帮他的这位青年。

栗本旁边站着别家出版社的女编辑。虽然不知道她的名字，不过记得每次到那家出版社，经常会在玄关碰到，她小个子、微胖，脸上有酒窝，很讨人喜欢。在栗本和那位年轻女编辑的背后，还有另一张脸。

胜吕眨了眨眼睛，发现那毫无疑问是他自己的脸。脸上有着既不是浅笑也不是嘲笑的微笑。

胜吕又眨了几次眼睛，再看，这时栗本和女编辑的背后，空无一人。

宴会开始了。

场内以受欢迎的作家和画家为中心自然地形成了几个圈子，闭上眼睛，可以听到在高亢笑声和喧闹声中夹杂着像是臼磨面粉般的鞋底摩擦地板的声音。在紧靠着墙壁的寿司和荞麦面摊前,也有宾客聚集,其中来帮忙的女服务生们的白嫩脸蛋特别显眼。

“谢谢您说好话。”

胜吕拍拍正在逗三四个编辑笑的加纳那稍微向右高耸的肩膀。

“啊,那样的演讲,还好吗?”

加纳为了要掩饰尴尬,马上改变话题。

“你好像瘦了,怎么样,还好吗?”

“还好。不过,到了这把年纪,身体要是有哪个地方疼痛也不奇怪。”

“我刚刚还说着呢。这一阵子,记忆力衰退得紧,看过的书很快就忘得一干二净。像这样的宴会,有时怎么也想不起来跟我谈话的人的名字。”

“我也一样呀!”

“眼睛、牙齿,还有……我的情况是眼睛、记忆力、牙齿。早就不好的心脏还不包括在内。”

“那方面怎么样呢?”年轻编辑问。

“哪方面?哦!衰退了。胜吕怎么样?”

加纳以恶作剧的眼光看胜吕。

“你是虔诚的基督教徒,而且你太太又是个贞女。胜吕到这年龄为止从没有真正的玩过吧?还是瞒着我们偷偷地玩呢?”

“这是连老婆都不能说的秘密,怎么可能轻易告诉别人呢?”

胜吕现在跟以前不同,对朋友这种不怀恶意的玩笑已能应付自如。

胜吕在这圈子聊了一阵子之后,转到别处去。那里,文坛长老的濑木氏和岩下氏正谈笑着。

“胜吕君!这次得奖的小说是你作品当中最好的吧。”

端着葡萄酒的杯子、脸红红的评论家岩下氏,拥抱胜吕称赞着。岩下氏不只是文坛的前辈,也是同一所大学的学长,因此经常护着胜吕。

“没错吧!”

岩下氏对同样是评论家的濑木氏催促他赞同似的说。

“我并非毫无异议,”微胖的濑木氏苦笑,“不过在今天的庆祝宴席上就不谈了。”

“你不必介意!濑木君一向都很严格的。”

“评论家不严格怎么行呢?”

诸如此类的对话是文坛特有的现象,三十年来胜吕在宴会、酒席和座谈会上已听过无数类似这样的对话。不过对女服务生递过来的加水威士忌的酒杯只沾唇而不喝的濑木氏而言,对这次作品要是有所不满的话,会是哪一部分呢?胜吕似乎猜得出来。

(即使有人批评也没什么影响),他微笑着心里却反驳道。(我在这次作品中总结了自己的人生与文学。无论谁怎么批评也无法改变我的总结。)

这时,他想起栗本说的"您文学的最高杰作"又一次感到小小的充实感。这时正好有人来找两位前辈谈话,胜吕趁机移动脚步打算加入别的圈子。

"胜吕先生!"

这时,有位三十七八岁的陌生女性热情地拉着他的上衣。张开嘴笑的前齿沾了口红脏脏的。她的右手拿着点燃的香烟,左手拿着加了水的酒杯。

"您忘记我了?"

胜吕眨眨眼。如加纳说的,到了这年龄,对只见过一两次面的人大都记不得名字和脸。

"讨厌哪!"女人更娇笑着说,"我们在新宿见过呀!就是我们在路旁给人画肖像画的时候……"

"在哪里呢?"

"在樱花街呀!您好坏啊!"

“你弄错人了,那不是我。”

“还装糊涂? 您不是说要参观我们的画展吗? 我的朋友还为您画了肖像画呀,不是吗? 还有哪……”

不知是不是喝醉了酒,女人抓着胜吕的上衣另有含意地使了眼色。牙齿沾了口红的这个女人,一副像在新宿和六本木闲荡、想当女设计师或装作女明星的少女的样子。

“你会不会认错人了?”

“是吗? 好! 我懂了。您是不想让人知道深夜和我们一起游荡的事吧! 因为是基督教徒! 我忘了,没把客套话和真心话弄清楚……”

来纠缠的她用力地抓住他的上衣,想把胜吕拉到别的谈话圈子。碰巧报社的摄影师把灯光打在他身上,他尴尬的脸上反射性地勉强挤出笑容。

“哎呀! 又在装腔作势了!”她从旁边讽刺,“这次是真的,还是装出来的呢,胜吕先生?”

周遭的眼光都集中过来,对胜吕打着问号,他故意耸耸肩,做出无可奈何的样子,勉强装出笑容。

栗本跑过来推也似的把女人带走,很快回来说:

“对不起! 不知道是谁带她来的。我把她推入电梯里让她回去了。”

“伤脑筋！死缠活缠地……”

胜吕担心栗本会不会真的怀疑自己。

“她说深夜在新宿的樱花街和我见过面。”

“是呀，大呼小叫的。”

“樱花街，在哪里？”

“是在歌舞伎町的……”栗本吞吞吐吐地说道，“是一条窥视屋和色情书刊、淫具店并列的街道。”

“她纯粹是为了来诋毁我曾在那里游荡而来的。”

“她在走廊还一直这么嚷。我也很火大，说您不可能去那种地方。”

胜吕放心地点点头。正经老实的栗本，会对今晚听到刚才对话的客人解释明白，说没有这回事吧……

雨过天晴，车道上残留着几摊积水，亮着空车信号的出租车，一辆接一辆溅起水花，飞驰而过。做出要向出租车招手的女人似乎又改变心意，往东京车站的方向走去。突然刮起一阵风把女人的黑色披肩掀得鼓胀，这让在后面跟踪的小针联想到展翅的蝙蝠。

小针在地铁入口的附近叫住了她。

“刚刚真是过分了啊！”

女人停下脚步愣住了。

“把人硬推入电梯里,你就这么算了吗?你也是客人之一啊!”

“你是谁?”

“对不起,我是周刊杂志的采访记者。当然我工作的杂志社不如今天主办宴会的出版社那么高级,不过,也要更有活力。”

之后,他开始用职业记者的那一套话开始发问。

“你刚才说的是假的吧!我不相信胜吕先生会在新宿的风化场所游荡。”

“你认为是假的就当作是假的好了。不要再向我打听了。”

“要是真的请告诉我吧!我会答谢你的。”

“我讨厌卑鄙的人,你是打算写成报道吧。”

“不!不是的。”

小针慌忙涂掉。

“我不是想写什么,只是个人对这件事很感兴趣。胜吕先生真的到过那种场所?”

“在宴会上我没有说谎的理由吧!而且叫我参加的就是那位先生呀!”

“咦?!是他邀你去的?为了慎重起见,我再请问你一次,真的是胜吕先生?”

“这是铁的事实呀!”

“你跟他是在樱花街的哪一带认识的?”

“是在叫‘甜蜜蜜’的店前面。他是从那里走出来的。”

“你真是个画家?”

“我是画家有什么不行的吗?”

“开过画展吗?”

“为什么要问这个呢?”

“我可以在杂志上把你以新人的方式介绍给读者呀!”

小针赶紧递上名片,女人把名片收下,可是怒气仍未消失。

“从二十七日起我要在原宿的竹下街附近开画展。”

“那很好,这样我得多问些情况了。”

小针看扁了对方,把手放在她肩上时,女人甩也似的把披风翻面,跑下楼梯。

“你等等! 好,算了,不过最起码把画展的邀请卡寄给我啊!”

小针朝楼梯底喊道;女人很快就消失了。

是这么一回事,果然不错。他感觉从前每次看到报纸或杂志上登的胜吕照片时抱有的模糊印象,今天总算得到证实了。

他现在和文学已离得很远了，不过学生时代他也曾梦想过当小说家。从那时候开始，对胜吕带有宗教色彩的作品，他就觉得不对胃口。觉得胜吕老是说些好听话，很叫人受不了。

学生时代热衷于唯物论的他，对胜吕这类信奉有如鸦片的宗教的人极为反感，认为他们是一帮欺骗民众的家伙。

同时，少年时代的回忆也和这种感情夹杂在一起，少年时代他也参加了几次附近的基督教教会举办的英语讲习。教会里有位戴着眼镜、心胸狭小的女传教士，对他没有什么好感，经常挖苦他，找他麻烦。那是因为他只学英语，到了牧师布道的时间就先走了。之后，一谈到宗教小针就马上联想到那个女人。

走下地铁的楼梯，售票口附近和日比谷线的月台上都不见女人的踪影。不过，小针正沉溺在享受着从内心深处升起的快感中。要是能把看来一本正经的作家拉下马，对他这个采访记者来说，是值得一写的素材。他想起把田中角荣扳倒的就是自己的前辈记者。

“甜蜜蜜，甜蜜蜜。”

一直到电车滑至月台，小针在嘴里把女人告诉他的店名当歌似的不知重复了多少次。

车内满是生活的疲劳臭味。在慵懒地张开双腿睡着的少女、和在赛马报纸上画个大红圈圈的中年男子前，小针抓着吊环，脑中又浮现出宴会时的情景。

为了寻找新闻材料偷偷溜进会场的他，在女人抓住胜吕的袖子时，刚好站在旁边。他把那时胜吕的狼狈相尽收眼底，这表示女子所说的并非假话。

（伪君子……）

他觉得对胜吕小说所生的怀疑似乎获得证实。在窥视屋看女人脱衣表演，在色情咖啡厅玩弄女服务生的男人，竟以他的手“玩弄”高尚的语言——小说。

女人那时抓住的胜吕的西装质料似乎极佳，跟自己穿的相比，小针不禁涌起一阵怨恨之意。他朝地铁黑漆漆的窗外望去。回到公寓后，他在还睡着的同居女人身旁，喝掉瓶中残存的威士忌。

两三天后，小针来到自己也很熟的新宿歌舞伎町的一角，这里并列着窥视屋和土耳其浴①。要找到“甜蜜蜜”并不用费多大的劲，因为它是位于有色情百货公司之称的建筑物内，每一层都有电影院或杂志店、土耳其浴。

傍晚，他在客人几乎还未上门时搭乘电梯，梯内犹留有浓

---

① 在日本曾指一种附带单人间的特殊浴场，1960 年代中后期开始作为风俗店的代名词被广泛使用，后遭在日土耳其人的抗议改名为“泡泡浴”。

浓的男人臭味。

小针把从文学全集剪下来的胜吕照片给“甜蜜蜜”前台的男子看后问：

“这个人经常来吗？”

对方摇摇头。

“每天都来那么多客人，我没法一个个都记住。”

除非是警察的询问，否则业者似乎也有义务替客人保密。事实上，后来他从同一栋建筑物内的另外二三家口中得到的也都是同样的回答，要不就是佯装不知的微笑。

不只是这些男人露出了轻蔑的表情，小针对大学时代的朋友、曾一起办过杂志的伙伴说出那个女人的话时，对方也出现不高兴的表情。

“你真的相信那样的话？”

小针还以为朋友会同意他的看法，他觉得很扫兴，马上反问：

“这是什么意思？”

对方连珠炮似的说：

“你呀！也真卑鄙，制造这种空穴来风的丑闻，把胜吕这样的作家拉下来，你就高兴了？当然了，听说这是现在新闻界流行的玩意儿。”

小针听了这话很不高兴，不过想到自己手里拿的是会让读者吃惊的重磅炸弹，又有一种无可言喻的快感。

小针后来跟同业们一起喝酒，谈论公事时，也尽量利用新宿的黄金街，回程经歌舞伎町。可是，他走了几趟都没碰过胜吕和画画的那个女人。

就在小针心里打退堂鼓时，某个相当晚的夜里，他在新宿车站内的自动贩卖机购买车票，不经意地抬起头来时大吃一惊。因为他看到侧面很像胜吕的男子，带着一个戴着眼镜的女子正走向出租车的乘车处。他等不及贩卖机的找零便马上追过去，可惜男人和女人已经坐上出租车了。他急忙拦了一辆车，催促司机：

“紧跟那辆车！”

从前方车子的后窗清楚可见戴眼镜的女人斜靠在男人的右肩上。车子从甲州街道转向代代木的方向。不久，司机为难地说：

“前面的客人似乎要到情人旅馆林立的那一带去，没关系吗？”

“没关系。把车子停在稍远处。”

进入代代木，前车停在了有大门的豪邸前。小针坐的出租车若无其事地从旁经过，在大约七八十米前停下。下了车已看不到两人。小针走到豪邸前一看,名字是“代代木天鹅宾馆”,门内停车处林立的喜马拉雅杉长得非常茂密。小针问了前台,得到的是爱理不理的“没有这个客人”的回答。

胜吕由于无法像朋友那样租饭店或旅馆写作,只能每天从家里到原宿附近租来的写作坊工作。除非坐在带有自己体臭的小写作室内和已用惯的桌前,否则他的精神就无法集中。

不仅如此,根据多年的经验,写作室要小而微暗,还要有适当的湿气。这个写作坊除了厨房和浴室之外,还隔开了三个房间:最人的房间当客厅,在那儿和出版社、报社的人谈事情;中间的房间当卧室,有时写得晚了就睡在那儿;最重要的写作室,在他之前的外国人房客是当储藏室使用的。房间光线不好,要是关上窗户,拉上厚厚的窗帘,即使白天也得打开台灯,反而适于他无意识中的欲望。所以用来当写作室。

去年曾以“作家的书房”为主题,到这写作坊来拍摄的摄影师M氏,听了胜吕的解释之后,马上接着说:

“这里使我联想到母胎。胜吕先生您希望回归子宫的愿望一定很强。”

所谓回归子宫的愿望,M氏为我解释说:这是一种想回到母胎,即回到生命尚未跃动时的状态,也就是想回到睡在羊水中状态的愿望。换句话说，这不是对生命的欲求，而是寻求永远的安眠或死亡的欲望。

每天早上，打开写作坊，进入这间小写作室，胜吕就在已用了多年的椅子上坐下，首先注视一下挂在壁上的亡母肖像，然后很怀念地把眼光移到煤油灯型的台灯上，以及发出规则声响的座钟和中国式笔筒上面。胜吕觉得照片中的亡母每天的表情都不一样，有时似乎高兴，有时看来闷闷不乐。然而，胜吕常觉得亡母在自己的人生中已烙下深刻的痕迹，他领洗为基督教徒也是受母亲的影响。总之，胜吕近十年来的代表作《沉默之声》以及紧接其后的《在荒野里》《使者》等，都像蚂蚁一粒一粒地搬运饵食一样，是靠每天的辛劳累积而成的。

或许别的作家也一样，不过对他来说，书写一部作品就像走入连地图也找不到的陌生国度。谨慎的他，除非做好旅行的准备、订好题目、有充分的取材时间，否则是不出发的。虽然这样，最后仍然是连自己也不知会被带往何处去的时候居多。在微曦下，能看到的只是出发地点的模糊风景，眼前的道路完全被黑暗层层包围，十五年来，他在这间小小的写作室里，已做过好多次一步一步摸索前进的艰难旅行。

得奖后，胜吕在这间写作室仍然咀嚼着相同的痛苦滋味。为了写下一部短篇小说的纲要，他拉上窗帘，在煤油灯型台灯的微弱灯光下,像修理钟表的师傅一样弯着腰做着笔记,可是不像平常那么顺利。

往日,一天里有半天以上的时间,在这只听得到纸的摩擦声和铅笔的移动声,就像手工艺人从事手上的细活般静静地劳动着,虽然辛苦还蛮喜欢的。可是,这阵子胜吕没有了这种喜悦。

他放下铅笔想把会妨碍工作、令人不快的操心事赶走。到宴会上来纠缠的酒醉女郎的脸和她说的话,就像中指上沾的墨水,留下深深墨痕。

“前阵子,我们不是在新宿见过面吗?您好坏呀!”

“是吗?我懂了,您是不想让别人知道深夜和我们游荡的事吧!”

从沾着口红的前齿间吐出的这些话,每一个字都暧昧地散发出酒精的臭味。自己也是奇怪,竟然把喝醉酒的女郎的话一直放在心上。

他用力地摇了五六次头,再念了一次部分的草稿。胜吕的草稿是先用小字写在稿纸背面,用色笔修改,最后再请工读的女孩誊清。

“可能是上了年纪的关系,这阵子睡得都很浅,一个晚上做好几个梦,而且每一个梦都是独立的,每做完一个梦就醒过来一次。醒来后凝视一阵子暗处，脑子里老想着不久就要来临的死亡问题。他今年六十五岁了。”

从笔筒中拿出红色圆珠笔，他把“各种梦”的地方改为“一个、一个的梦”。边改边想这部短篇小说的主题应该是暮年。

电话铃响了。他咋了下舌，拿起听筒一听是曾听过的、很认真的声音。

“我是栗本。”对方特意说出名字，“不知短篇小说的进度怎样了？”

“总算写了一半。”

“题目呢？”

“我想取为《他的暮年》。”

栗本沉默了一下，说：

“上一次非常抱歉！对，指的是喝醉酒女郎的事，服务台人多混杂，究竟是谁带来的呢？现在还弄不清楚。”

“我也是，那女人我真的没见过。”

胜吕小心谨慎地又强调一次，想看看栗本的反应如何。栗本说：

“出版社收到一张可能是那个女人寄来的明信片。上面写着石黑比奈的名字。她说自己是街头画家，好像是真的，因为那是一张画展的邀请卡。”

“怎么知道就是那个女人呢?”

“背面……”栗本降低声音说道,“写着……你撒谎,胜吕先生撒谎。这张明信片要怎么处理呢?”

胜吕犹豫着不敢说“不要”,因为这时他不想看的心情与那样的东西放在栗本手中的不安心情交织在了一起。

“真是受不了。好吧,请把那张明信片寄给我。”

为了不让年轻的编辑产生疑惑,他发出了几声轻笑。

挂断电话后,他的心情比刚才更烦躁。

(硬缠死缠!)

胜吕想起在宴会中抓住他的袖子不放的那个女孩,隐约感到要是置之不理或许会有酿成大事的危险。为了驱散不安,他眨了好多次眼睛,这是他的习惯之一。

两天后,他从寄到写作坊的邮件中找到了栗本转寄过来的明信片。邀请卡正面写着像艺人名字的石黑比奈,令人吃惊的是画廊就在写作坊附近的竹下街旁边。果然如栗本所说,背面用圆珠笔潦草写着:

“你撒谎,胜吕先生撒谎……”胜吕好像看到了不祥之物一般,挪开眼光,把邀请卡撕碎丢到字纸篓里。

“前阵子,做过这样的梦:梦见和芥川龙之介相对而坐,芥川穿着寒碜的单衣式和服,低着头,两手交叉放在胸前,一句话也没说。他突然站起来,穿过背后的门帘进入邻室。我知道邻室是死者居住的世界,但是没多久,芥川又从那门帘穿出回到这房间。”

弓着背的胜吕写到这里,小声地念,看看语气上有无不妥之处。这一部分不是他的创作,而是大约两个月之前的实际经验,他还记得从梦中醒来的深夜,身旁的妻子睡得正甜,呼吸平稳。

当然,他没把梦的内容告诉妻子。自从在贸易公司就职的独生子和儿媳由于工作的关系移居到美国之后,他就尽量不让妻子操心。事实上,打从结婚之后,他就和别的小说家一样,决心扮演好丈夫、好父亲的角色,这并不是因为他是基督教徒的关系,而是因为他知道自己无论如何也不适合扮演无赖状的小说家。当然,作品中另当别论,在实际的生活和外表装扮上,胜吕早就希望和一般市民一样。因此他和妻子之间很少会做出破坏平静生活步调的行为,也尽量不说会让她不安的话。

妻子一星期到这写作坊打扫两次。那时跟自己单独写作时不同,他会换成一张居家时的面孔。对胜吕而言,这并非别有目的,也不是在演戏或作假。

患了风湿症的妻子在梅雨季和秋天时,手的关节和膝盖就会疼痛。那是三十年前胜吕长久的住院生活和胸部动三次手术时,看护他的疲劳所造成的。因此每当寒冷的日子看到她拿着吸尘器时,他就感到一种无可言喻的歉疚。每次跟她说雇人打扫算了,她总是笑着摇摇头。

在妻子的脚不痛的季节里,两人吃过午饭后,就一起出去散步。路线通常是固定的:走下写作坊前的斜坡,穿过代代木公园,再从表参道绕回写作坊。

两人坐在公园的板凳上,看打羽毛球的年轻人。即使彼此不发一言,共同度过三十几年人生的夫妻也自然会有一种宁静产生。虽然他是在稿纸上窥视自己内心深处,再表现出来的小说家;但是,他在与妻子的生活中绝不逾越必要的界限暴露自己。他认为这也是对在基督教家中长大,从修女办的学校毕业的妻子的一种体贴。

撕毁明信片的那个周末,她因娘家的亲戚有人遭遇不幸无法到写作坊来,胜吕连着星期六和星期天都到写作坊修改短篇小说。那是个在拉上窗帘的写作室中,犹听得到远处传来许多人欢笑声的下午。

当午后太阳的威力稍弱时,胜吕走出写作坊步下斜坡道,跟往常一样到代代木公园散步。沿着公园的道路上,挤满了最近连东京都出名的“竹子族①”的少年男女团体和看热闹的人群。配合音乐跳着怪舞的少年男女们，围成好多圈圈，他们穿着像韩国服装似的白色或粉红色的长长衣服，连男人都涂上了腮红。每一个圈圈的成员都不一样，各有人带着跳。胜吕加入人潮当中，站在正用八毫米摄影机拍摄的外国人旁边。当他的年纪和这些少年男女相若时，日本正进行着被称为世界大战前夕的对华战争。这些往事，对这种年纪的人就像条件反射似的，即使不去想它都不可能。

正准备离开人潮时，他不小心踩到站在背后的少女的运动鞋。

“啊！对不起！”

少女冲着慌张的他眯眼龇牙一笑。但由于疼痛，她马上皱起眉头，抬起右脚。胜吕不安地问：

“有没有受伤，要不要把鞋子脱下来看看？”

“不要紧的！”

她还想勉强挤出笑容。

“坐到那边的板凳上，看看脚趾怎么了。”

---

① 指在野外身穿独特的夸张服装配合迪斯科舞曲跳“踢踏舞”的人。1980 年代早期“竹子族”多聚集在东京的代代木公园的步行道上围绕在卡式录音机旁跳舞。

少女乖乖地坐到板凳上,把鞋尖沾了泥土的运动鞋和袜子脱下,有点难为情。

“没有怎么样哟!”

“有点红红的,到药房去看看吧?”

“不用了。”

“既然这样,至少让我请你喝点饮料什么的吧!”

他指着沿公园并排的香肠和大阪烧店。

“你喜欢什么呢?”

“我就说没事……”

“不用客气尽管说吧!”

“那么可乐好了。”

他拿了可乐和纸杯回来时,少女摇晃着脚:

“伯伯,这里很好玩。”

“年轻人真是精力充沛。”

“像伯伯这种年纪的人也很多呀,对年轻女孩感兴趣的人。”

“是吗?不多吧!”

“不少哟!走在表参道上故意向我搭讪的,也有像伯伯一般年纪的中年人。”

“搭上之后呢?”

少女又龇着牙笑，或许是因为胜吕的问题难于回答。

“也有少女上钩吗？”

“有呀！不过中学生大多只到B，然后要点零用钱花花。”

“B是什么呢？”

“A、B、C您不知道呀？”

少女天真得像在谈论新歌手似的，说A是接吻，B是抚摸，C是最后的阶段。

少女双颊丰腴，胜吕觉得这少女和自己不同，还可以活得很久，心里生出一丝羡慕。

“伯伯，您几岁？”

“我已经老了。”

“不过，看来还很年轻哦。”

“你也到B的阶段吗？”

“我？我不做那种事呀！”

“你们真的那么需要零用钱吗？”

“当然需要。”

她又露出眯着眼讨人喜欢的笑容。

“我家没钱，要不到零用钱的。”

“你父亲有工作吧？”

“他四年前在宫益坂被摩托车撞到。我妈妈现在在卖保险,如果我还提任性的要求,妈妈就太可怜了。”

“那么,真的很需要零用钱吗?”

“有时候要应酬呀!而且,还想买些东西给弟弟们。”

从她口中说出像大人口吻的“应酬”等字眼,胜吕哭笑不得。

“你是高中生吗?”

“是初中生。”

咦,这样的身材还只是初中生啊!胜吕再次打量她凸起的胸部和把洗得褪色的牛仔裤绷得紧紧的大腿。胸部暂且不提,大腿就跟他那年代的女学生不同,根本就是大人模样。

“家住哪里?”

“您为什么要问这个呢?”

“你那么需要零用钱,我在想或许可以帮你找到打工的机会……”

“什么样的打工?”

她又露出讨人喜欢的表情。

“中学生是不能做的。之前我和朋友一起到麦当劳店骗他们说是高中生在那里打工,但是很快就被看穿被解雇了。”

“总之,最好不要像不良少女那样随便答应客人的邀请。”

胜吕换上一副教训人的口气,少女似乎觉得没趣,低着头用鞋尖挖着地面说:“我想走了。”

胜吕从板凳上站起来时,才发觉她的运动鞋实在已经旧得不能再穿了。

“等一下!”

胜吕从口袋里掏出钱包。一直注视胜吕动作的少女看到胜吕递来五千日元钞票给她时,吓得后退了一步。

“要是你答应我不去做坏事的话,这些钱就给你,拿去买双运动鞋吧! 打工的事我会帮你留意,想做的话就打电话到这里来。”

把电话号码写在纸上后,他头也没回就走了。对自己因一时感伤和冲动而给钱,他泛起一阵厌恶。

那天晚上,他回到家里,把少女的事向正在织毛线衣的妻子说了。

“中学生的话,可以打扫工作坊呀。”

“当然可以,怎么样? 是不是真的要请她呢?”

“你不是跟她约好要替她找打工吗? 这样也算帮了你的忙。”

他不喜欢看到妻子在冬天揉着关节推着吸尘器的样子。

“那不是什么大事呀!”

“我知道——”

平常对家事一向不插嘴的他,这次态度却很强硬。这么一来一举两得。梅雨季和寒冷的季节里妻子不必再和笨重的吸尘器搏斗,而且那个孩子也不会被男人诱骗……

"意外的是个好孩子呀。"

蜜——少女的名字是森田蜜——到写作坊来过二三次后,刚开始并不感兴趣的妻子现在似乎很满意。

"听你说了之后,我还想会是怎样的女孩,看来很天真呀!"

"有不错的地方吧!看她笑的样子,还会怀疑她是否脑子有些笨呢。"

胜吕松了一口气,点点头。

"听说她家里还有两个弟弟和一个妹妹。我给她蛋糕,自己还舍不得吃,拿回家给弟弟妹妹们吃。真令人同情呀!听说她父亲发生事故后,手术失败伤着了内脏。"

看来妻子连蜜的家庭状况都已经打听清楚了。

果然如妻子所说,蜜并不如想象那样会闹别扭。到了约定好的星期六,下午她从学校回家途中就到写作坊来,妻子教她使用电动吸尘器和要她擦拭洗脸台。虽然只是初中生,不过身材高大的她派得上用场,替关节疼痛的妻子把装了堆积的杂志的纸箱搬到楼下管理员的房间,甚至还帮忙跑腿。两星期之后,即使妻子不在场,她也会哼着流行歌曲很熟悉地打扫客厅和洗脸台。

工作告一段落后,胜吕就坐在沙发上看这个初中生推吸尘器。

“你现在哼的是什么歌?”

一个年轻歌手的名字也不知道的他,从蜜那儿知道了小泉今日子和涩柿子队。

“我还以为您什么都懂呢,原来却是什么都不懂。”

蜜停下吸尘器,得意扬扬地讥笑看电视连田原俊彦和近藤真彦都分不清的胜吕。

“我对你们的世界是一无所知呀。”

“那我教您初中生的用语怎么样?您知道什么是‘绕弯’吗?”

“不知道!”

“从学校回家的途中,偷偷溜到咖啡店的意思。那么‘开心哒’呢?”

“什么意思呢?”

“是高兴或快乐时说的话呀!露骨地说幸福会不好意思嘛!”

把母亲叫“老妈”。“顺东西”是偷东西,“NHK”是一脸女人相又好色的小子的简称。“溜号”是跷课的意思。胜吕觉得接连说出的这些词很有趣，一一记在笔记本上。

卖力打扫的蜜的双颊和下颚，以及脖子上都渗出了汗珠，脸也红彤彤的。胜吕看到年轻人身上微微发光的汗珠，觉得好像在香气浓郁的花旁，甚至感到轻微的晕眩。从那渗出汗珠的脸颊和脖子上他感受到自己业已失去的东西。

“那个孩子变得好像判若两人了。”

胜吕赞成妻子的话，点点头。

“找她来帮忙真是找对了。”

“看看什么时候带她一起上教堂吧。”

“那只会让她觉得无聊罢了，我看算了吧！等她比较习惯了以后，哪天我们两人到长崎旅行去。”

胜吕早就盘算着等天气稍微暖和之后，带妻子到长崎旅行。他的小说有时会拿长崎和附近地方做背景，不过妻子却从没去过，她也早就期待着一次长崎之旅……

和妻子交谈的那一夜，胜吕做了一个梦。

他梦见自己的脸映在写作坊浴室中的镜子里，对镜中自己的老态大吃一惊。他的眼睛旁边有了皱纹和眼袋，下巴还有许多像用牙签点的小白点，仔细一瞧，原来是胡须。已经这么老了……联想到死亡的脚步已近，不安让他惊醒了过来。

睡在隔壁床上的妻子跟往常一样发出有节奏的呼吸声。听到那呼吸声,胜吕想起摆在写作室的座钟。闹钟的嘀嗒声给弯着腰写作的他无可言喻的安宁,而妻子的呼吸声也让他联想到夫妇之间拥有的平静。从妻子的呼吸声中,他甚至嗅出了妻子从少女时代就有的世界。那是在双亲疼爱、兄弟姐妹和睦相处的环境中长大,结婚后对丈夫的工作能够内心毫无疑惑的女人的呼吸声。对于这个他有时感到羡慕,但绝不说出口,有时甚至还产生轻微的嫉妒。那时他会觉得妻子的世界就像洗衣粉香味的世界。

醒来之后,他又睡着了。又做了另一个梦,从洗脸台的镜子(为什么这阵子梦里常会有镜子出现呢?他觉得不可思议)里看到蜜只穿着褪了色的内裤。蜜不知道胜吕在偷看,仍对着镜子龇牙笑着,微开的上下唇之间,露出线状的唾液和牙齿,以少女来说真是太煽情了。后来或许她知道胜吕躲在门后才故意装出那笑容,对躲在背后的他说:

“太太会生气哟!”

胜吕醒过来了。醒来后蜜龇牙的笑容仍在眼帘里,而妻子的呼吸声还是那么安详。

胜吕对在黑暗中做了那样的梦感到可耻,同时也因为那是梦而认为自己没有责任,没有必要为梦感到屈辱或羞耻。

不过,想到以后蜜到写作坊来帮忙时,自己大概会想起这个梦便有点难为情。

他在日记里只含糊写上:

“做了噩梦。”

心想或许自己死后,好事的出版社会把它印成铅字,他为此感到害怕……

二

胜吕和像银行员一样打着工整领带的栗本讨论今后的工作。即使没有工作上的需要，这位滴酒不沾、不抽烟的青年，每个月也会固定来访两次。他似乎认为这是编辑的义务，看到那满脸正经的样子，胜吕总觉得他要是当高中老师一定会比当出版社编辑更适合。

突然，从隔壁房间传来吸尘器的声音。

"是太太吗？"

以为写作坊除了二人之外再无第三者的栗本似乎被那声音吓了一跳。

"不是内人，是打工的初中生。"

"初中生？"

有吸尘器的声音在，两人的谈话声邻室应该听不到的，不过胜吕仍然压低嗓子把森田蜜到这儿打工的经过说了一遍。

“和外表看上去的不同,其实她是个很温柔的女孩。听她说,在原宿还有连初中生都诱拐的大人。”

栗本没有搭腔,沉默了一下,突然问:

“那张明信片您后来怎么处理了?”

“明信片?”

“我转寄到这里来的明信片。”

“哦,是那张啊,当然已经撕掉了。”

胜吕以为栗本早已把那件事忘得一干二净,现在栗本突然一本正经地问,他甚至感到惊讶。

“我不可能去参观她的画展的。”

“其实我去看过了。”栗本注视着胜吕的眼睛,“我想查一下她到底是怎样的女人,因为不希望她再来骚扰您。”

“结果呢?”

“是真的在开画展,就在竹下街附近。”

栗本为了维护自己负责接洽、联络的作者名誉,探查了那家画廊,不过对胜吕来说那可是帮了倒忙,他早就忘了宴会上发生的事,也不喜欢旧事重提。

“她在那里吗?”

“不在。不过有一个戴眼镜的女人看着,听说她也是画家。”

“是些什么样的画?”

“都是一些故弄玄虚的画，譬如画胎儿在子宫时的情形，还有各种怪诞阴森的作品，未经消化的作品……”

“我想也是，”胜吕同意地点点头，“那种女人能画出什么东西来。”

“还有一幅您的肖像画呢！”

“我的……”

“她在宴会上也说过吧，您在新宿让她们画的素描。”

“真是太无聊了，简直胡说八道！”

“对方这么说的，我想是在写生的基础上改为了油画。”

胜吕没说话，不停地眨眼睛。隔壁房间可能已经打扫完毕，吸尘器的声音停止了。

“画得……”胜吕小声地问，“像我吗？”

“乍看之下很像。不过，失礼了，那是张下流的脸。”

“下流？”

“真的很像您的脸，当然，那不会是您……”

“这么说，是假冒我的人？”

“我是这么想的。尽管画的题目是《S 氏的脸》。”

“S 氏是取我名字的第一个英文字母了？”

“您不必放在心上，”栗本安慰着，“有谁会相信是您呢？本来我准备提出严重的抗议，但是当时那个女的不在场，所以就回家了。"

栗本走后,胜吕斜躺在沙发上,呆望着窗外。午后阴霾的天空已经放晴,微弱的阳光穿透云层。

"您是不是心情不太好?"

蜜从洗脸台走出来,担心似的看着他。这个孩子就像妻子所说的,对别人的痛苦很敏感。这敏感是和她的善良与愚钝混合在一起的。

"我没有什么不好的。"

胜吕装出另一副居家的面孔挤出微笑。这是妻子会相信的脸,不用说,也是他的读者会相信的脸。

"我想出去一下。"

他从沙发上站起来,吩咐蜜:

"太太很快就会回来的,她回来以后你再走吧。"

"好啊!"

这是他第一次到栗本告诉他的竹下街来,听说这里就算在原宿中也是年轻男女特别多的街道。果然不错,既有裙子长过脚踝的中学生,也有肩上挂着在胜吕这般年纪的人看来像头陀袋的少女,还有把头发染成淡黄色的青年晃荡着。

听栗本说,穿过名叫"布兰姆斯"的小路就可以看到写有

“新艺术画廊”的招牌,一楼是排列着廉价饰品的专门店,而画廊就在二楼。

踏上散发着水泥味的楼梯,前台后面坐着一个女子跷着腿正在看杂志。胜吕装作认识似的打了个招呼。她手里拿着杂志,很感兴趣地盯着他进入无人的房间。

四面墙壁上挂着二十几幅画,看来像是用胶带贴起来的。只要看过三四张就可以明白,这些画企图利用一些奇怪的题目将拙劣的画技掩饰起来。不论是具象画或抽象画都是模仿欧洲或美国的前卫画家。有身体缠绕在一起的两个女人,还有张开夸张的翅膀的蛾和蛇,大头少年的画,似乎在害怕的子宫中的胎儿用向上翻的眼注视这边的画,他因恐惧而睁大眼睛……表面上胜吕正欣赏这些故弄玄虚、有点污秽却显眼的作品,其实是在寻找某幅画。

在靠近角落的地方,胜吕找到了栗本告诉他的《S氏的脸》的肖像画。他意识到背后柜台里的女人正注视着他,装作若无其事地走近那幅画。

自己被画在那儿。画里的他面带微笑,仿佛从阴暗世界浮上来的两眼注视着这边。那是自己的脸,可是那表情——不是栗本所说的下流而是淫秽。

他感到气愤和羞耻,不由得移开视线时,他想起自己曾看过这张脸。对了,是在颁奖典礼的来宾席上,出现在栗本和女编辑背后的那张脸。胜吕心中一片混乱,愣愣地站在那儿。他还想起另一幅跟它相似的脸。那是到法国名叫布尔日的城镇参观中世纪以来的大教堂的时候。他和接待他的神父爬上螺旋状的楼梯,走出强风咻咻的塔上阳台,阳台上各色各样的动物和人的脸都朝向底下广阔的田地,其中有一幅是发疯的女人,她的脸上浮现出跟这相似的笑容。他问:“这是什么?”法国神父耸耸肩。

他意识到后面前台的小姐还在关注着他,于是走近身旁尽量压抑着情绪问:

“请问石黑小姐在吗?”

少女熄掉香烟。

“应该很快就会来的。”

“这幅画是她画的吗?”

“不,是另一个名叫糸井的人画的。”

“随便画人家的肖像不太好吧。”

他一提出抗议,少女就像被打了一巴掌似的蹙着眉。

“像这样的画除非被画的人同意,否则……”

“听说是得到他本人同意的。”

“谁说的?”

“糸井小姐说的,就是画这幅画的人。她和石黑两个人在新宿要求胜吕先生让她们画的素描。”

这时她转过脸。胜吕正想再反驳时,感觉背后有影子移动,少女的眼睛突然发亮似的喊着:

“成濑小姐,我在等你呢!”

胜吕转过头,看到一个身上穿着宽领、俏丽的大衣,脖子上围着围巾的中年妇人轻轻地点头走了进来。

胜吕走出画廊,背后响起少女故意装出来的大笑声。外面的阳光比刚才更微弱了,年纪已大的他感到有点疲倦。他推开隔壁咖啡店的门。

选了靠窗的座位坐下来后,他的眼前又浮现出那幅肖像画,而且远比现实里看到的更鲜明。那是一张眼睛、鼻子的形状其实并不难看,可是却充分表现出内心丑恶的男人的脸。

他不知应该怎么解释,虽然只是一瞬间,可是他的内心感到十分恐惧,忙用一只手擦拭汗湿的额头。

把心静下来后,他自己做了一番推理。或许那幅肖像画画的并不是他看到的下贱笑容,说不定是模特意外的微笑,或讨人喜欢的微笑呢!至于为什么把那单纯的微笑看作是下流、淫秽的微笑,可能是颁奖典礼中看到的幻影,在他无意识的记忆里留下了强烈的印象吧。因此把原本别无深意的下贱微笑加上了不同的解释。

这么分析之后,他才稍有安心。只把拙劣的肖像画当作无聊的东西,画中的微笑似乎不会再让他心烦意乱。就像上次在梦中见过蜜的第二天,在日记里写下“做了噩梦”,这样就不会把精神和生活秩序弄得一团糟。

他抬起头来,不经心地由窗外望出去,看到刚才的女性走出那栋建筑物正朝这边来,或许她也和胜吕一样想休息一下。

她用眼睛寻找空位,把书砰地扔在胜吕的邻桌上,脱下大衣。她的前额宽广,有着一双日本女性少见的似乎意志坚定的大眼睛。

她喝了一口浓缩咖啡之后就低下头来,似乎在想着什么事,抬起头来时才注意到胜吕的存在,吃惊似的点头打招呼。因为两人的座位近得就像是面对面。

“刚刚真是失礼了。”

胜吕为了打破沉默,只得先出声打招呼,接着问:“你看了《S氏的脸》那张画吗?”

她不可能没看过那幅作品。

“是的。”

“您觉得画得像吗?”

妇人微歪着头,为难似的笑了。她的黑发中交杂着些许银丝,年纪看来比妻子年轻。

“那个画展,到底是由哪些画家组成的?”

“都是些年轻的女性。她们主张在丑的东西上寻找美,说那是丑的美学。”

“所以就拿我的脸做题材,是吗? 我的脸或许很丑,不过被画出来还是很令人困扰的。而且还画得那么下流,真叫人不知该说什么才好。”胜吕故意半开玩笑地说。

“那肖像画我并不觉得下流,反而给我感觉有一种人的味道。”

他焦躁时,妻子也是以这种声音、这种方式安慰他。或许这是这个年龄段的女性的共同特征吧。

“您是怎么认识那些画家的?”

“因为她们当中的一人,曾在我工作的医院里短期住院,所以就认识了。”

“我对那样的画没什么兴趣,不过,您觉得和画那种东西的女性们交往有趣吗?”

“您是说为什么我也……”她微笑着,“或许我和您说的那种女性一样也说不定……”

胜吕对有点像妻子的这位女性产生了少许好奇心。

“您说在医院上班,您是女医生吗?”

“不,抱歉! 只是义工。我叫成濑。”

“我是胜吕。”

“哎呀,我当然知道您的名字和作品。”

话题到此中断,二人各自喝着咖啡。胜吕的目光被夫人扔在手提包旁边的书的封面吸引住了。那是很受年轻读者欢迎的某评论家的书。

“连那样的东西您也看吗?”

“我喜欢看书,”夫人辩解似的说,“虽然不懂,却胡乱看些新书……”

“那个评论家在那本书中,把我批评得很厉害吧,说什么我对性恐惧……”

他故意装出苦笑。从夫人不作声、似乎感到为难的表情中,他猜想她应该已看过那段批评了。

“您读过了吧?”胜吕身体稍微转向她问。

“是的。”

“每一个作家都各有各的领域。在性以外我有自己的题目……并不是故意避开,也准备写一点。”

他觉得自己太啰唆了,就把话头停住。

“是的,我不记得在什么时候看过您说性心理的构造也和人求神的心理构造有相似的地方。”她诚挚地点点头,“不过,我想不起是哪一本书……”

“可能是五年前的那本随笔吧。”

胜吕没想到这位女性连他那样的随笔都读过，感到有点飘飘然。从谈吐上，他感觉这位女性懂的东西相当多，说不定是从事文化方面的工作呢。

“您读我的作品，看法和那位批评家一样吗？”

“我不懂深奥的东西。不过，我总觉得或许因为您是基督教徒的缘故，经常把性和罪连在一起……”

胜吕心里反驳说，我又不是十七八岁的小姑娘。不过，少年时代所受的基督教的影响，已经在我内心某处划分出健全的性与不健全的性。谈到健全的性……他想起妻子的脸，在夫妇二人的生活中，缠绕着带有义务性质的某种东西，对这种现状他感到很满足，而妻子也从未埋怨过。他想象不出妻子为那种事而不满的样子。

“失礼了，那么您认为的性又是什么呢？”

对初次见面，而且年纪又和妻子相仿的女性提出如此不礼貌的问题，其中包含着他恶作剧的报复心理。

“坦白说，”夫人笑了，“我觉得是可怕的东西。”

“为什么？您不会因为我是基督教徒，才故意说出像少女一样的话吧？”

“不，我不是那种意思……而是我认为性会暴露出连他本人也没察觉到的内心最深层的秘密。”

“连本人也没察觉到的最深层的秘密?”

“是的。”

听到这样的回答,胜吕记忆中某夜梦中的情景突然再现,从洗手台后面偷看半裸的蜜的自己……

胜吕慌忙移开视线。自己现在正体验着不可思议的经验,想都没想过竟然和前一刻还是陌生人的女性做出这么大胆的交谈。这样的话题他甚至和妻子都没谈过。

“您有写东西吗?”

“不,没有,没有。以前曾练习写和歌,不过……”

他把目光转移到站在店外的一位青年身上。青年上身穿着蓝底白袖的运动夹克,正朝这边看。或许是路过这儿,看到坐在咖啡厅窗边的作家胜吕觉得好奇。

向路人打听酒醉女人所说的位在竹下街的画廊,有人告诉他从这条短街向右转看到的建筑物就是了。建筑物的一角被另一栋黄白色的建筑物挡住了,门前并列着仿古煤气灯的街灯,小针也知道这是模仿巴黎蒙马特①里街的设计。

① 位于巴黎北部丘陵地区。

小针看到男人从一栋建筑物出来停下脚步，那是自己正在追踪的胜吕，不由得屏住呼吸。作家回过头来，做出等人的样子，然后进入对面的咖啡厅。

小针躲在电线杆后面往咖啡厅里打量，很幸运地胜吕似乎还没发觉有什么不对劲。他在靠窗边的位子坐下，向服务生点了东西之后，似乎有些疲倦地靠在椅子上想事情。

小针想起那姿态跟在电视上看过的胜吕的姿态很像。看来这个男人对人生是如此的疲倦，看到这里，同住的女性伸出手切换了频道。

从刚才胜吕出来的建筑物中，走出一位脖子上围着围巾、穿着浅褐色大衣、五十左右的女性，她好像事先约好似的进入咖啡厅。二人像是旧识，在隔壁桌坐下，很快就谈得非常融洽。

那个女人不像是胜吕的太太，因为文学全集卷头的胜吕太太的照片不是那样的脸。二人交谈过程中，胜吕只把眼光往窗外移动了一次，没有察觉到任何异样后，放下了重叠的腿。

终于他们同时站了起来。小针赶快躲在电线杆后面免得被发现，本来打算跟踪并肩走在竹下街上的两人，意外的他们只轻轻地点点头就分手了。胜吕往车站的方向，女人则朝相反方向有“帕雷-法国”商场的大路走。

到底要跟踪哪一个呢?小针犹疑了一下,决定先选女人跟踪。在摩肩接踵、不时偷瞄店里的年轻男女当中,只有她抬头挺胸地大步向前走。看那样子让人感觉是个意志坚定的妇人。她走过大街的斑马线后,便往表参道的里巷走去。

在行人寥寥无几的里巷要是跟得太紧,只怕会被人怀疑,于是他拿定主意保持大约三十米的距离,可是跟着跟着,小针反倒觉得自己是个傻瓜。追踪胜吕还算说得过去,现在竟跟踪一个和胜吕在咖啡厅谈过话的女性,根本就是白费功夫。

自己为什么那么想撕下那位作家的假面呢?小针觉得自己很卑劣,同时也有一种撕下假面的快感。他还清楚记得:坐在获奖人席位的胜吕带着微笑的脸,还有领了奖致辞时鼓掌的声浪。胜吕在人生当中,已创造出一个属于自己的世界,他是把自己完全封闭在那个世界的作家,那表情是多么的满足。他在那坚固且安全的世界里,散播着美丽的谎言。小针想改变那种表情。他在学生时代参加学生运动或是加入破坏社会的游行,也是出自想使安定的东西产生动摇的心理,这样的心理同他的正义感混同在了一起。

小针走出住宅街,不知不觉走入装潢得极为豪华的洋品店和古董店的里街,这条街上还有专门卖船材料及零件的店。在这样的小路上,女人毫不犹豫,一直往前走,可见她对这一带似乎很熟悉。跟到六层楼建筑的医院前,她走进里面消失了。

小针很失望,本来想折回去,看到她在医院的玄关和戴着有两条黑色带子的护士帽的中年护士交谈着。中年护士露出龅牙的笑容。不久那个女人走出庭院,走向表参道的大街。

本以为她要搭地铁,她却走到正对面宠物店的前面,仔细端详橱窗里的小狗屋和躺着摇着尾巴的各种小狗。小针站在稍远的洋品店前,也装作一副观赏橱窗的样子,不过好奇心和继续跟踪的欲望已消失殆尽了。他判断至少喜欢宠物的这位女性,不可能是揭开胜吕真面目的关键人物。

但是五分钟、十分钟过后,那个女人还站在那家店前。小针终于意识到她并不是因为喜欢狗才欣赏狗,很可能是在这儿等人。

还好对方似乎还没发现自己的尾随,她不时回过头来看地铁的入口,可能是她等的人会从那里出现。

一个女人走上楼梯,娇媚的圆形脸上戴着一副眼镜,那样子就像是在任何公司里都可以看到的职业妇女的打扮。小针很泄气,失望地远远看着她们的交谈,她们偶尔还玩弄一下宠物店入口处的狗链和项圈。

买了绿色的项圈后,中年妇人和戴眼镜的女人拦了辆出租车。

小针不想再跟踪下去了，因为他知道即使再跟踪下去也不会有什么结果的。

他匆忙返回展览会场。

“最后的两部作品，我们待会儿再讨论，现在休息十分钟。”

坐在正中央担任司仪的总编辑一宣布休息后，本来规规矩矩地坐在角落的人纷纷站起来。

A奖在内容上虽只属于新人奖，但在社会上颇受重视，每每在电视上被报道。它每年两次同样在筑地的料亭，和大众文学的B奖一起举行评审会。大约三年前，和加纳同时被聘为评审委员的胜吕，在这个会里还算是个新人。

“野泽先生可能会主张从缺吧？”

坐在他右边的加纳，小声地对胜吕说。

“我也打算从缺。这两部作品编造故事的味道太浓厚了。”

“我认为编造故事并不是什么缺点……”

胜吕反对加纳的意见。并且他认为加纳刚才把每一部作品都批评得体无完肤，未免太刻薄了。他听着加纳毫不留情的“鞭挞声”，想起以前在目黑区的小酒店里，严厉批评他作品的那群伙伴。就在那第二年，加纳获得 A 奖开始在文坛上崭露头角，翌年胜吕也得了奖。

经过将近三十五年的岁月流逝，那时的伙伴几乎都不写小说了。

加纳对胜吕的反驳露出不高兴的表情，喝了一口啤酒后，以不满的表情说：

“这三四年来 A 奖的水准很低啊！”

“事实如此。”胜吕这次也点点头，“我也这么觉得。”

“现在要是不制定严格的标准，奖的权威性不就越来越低了吗？候选作品对性的描写法，只让我觉得是黄色小说，还谈不上是色情主义的小说呢，吉川先生，您的高见呢？”

加纳转向坐在对面正点着眼药水的吉川前辈问。吉川作为短篇小说的高手，颇受大家敬仰。

“算了，算了，用不着那么生气，”吉川对动不动就生气的加纳轻轻拨开正锋，微笑地说，“你说的不错，没有描写到性的本质。”

这句话宛如从远处传来的回音，使胜吕从回忆里联想到和这句话极为相似的一句话：“您一直在躲避描写性的深处。”而随着这记忆的苏醒，胜吕眼前又浮现出大胆地用大眼睛看着他的成濑夫人。

“胜吕这次会把票投给这部作品吧?”加纳问,“你刚才打了很高的分数。”

“不是这部,我想投给《有彩虹的风景》那部作品。”

“不是力量弱了些吗?”

随后加纳似乎想起某件事,注视着胜吕。

“回去的时候有话要跟你说。”

“现在不行吗?”

“我希望只有我们两人在场。”加纳将脸转向一旁。

评审会又开始了。第二次也和第一次一样,请各委员打上“○”“△”“×”的任一记号,并说明理由。全部结束了才开始计分。和第一次不同的是这次胜吕支持的《有彩虹的风景》获胜,吉川安抚着似乎不服气的加纳。

“好吧! 这次我就算了。”加纳愤愤地说道,“真不像话!”

因为报社的记者们还在等结果发布,所以吉川和总编辑一起走出房间。

“吃过饭后在车里碰头吧!”

加纳小声地对胜吕说。胜吕笑着说:

“什么事呀,怎么这样神秘兮兮的!”

“我不想让外人知道。”

不知道为什么加纳不悦地将表情沉下来。

二人共乘的轿车开动后,加纳想了一下,对司机说:

“到帝国饭店一楼的大厅。”

“到底有什么事?”

一直到饭店一楼的大厅坐下为止,加纳没有透露出半句话,胜吕已经有点急躁,口气稍重地向他问话。

“事实上,我听到一些有关你的奇怪的谣言。”

确定四周没有人在听之后,加纳仍然是刚才那副气愤的表情说。

“什么奇怪的谣言?”

“说你到歌舞伎町一带看窥视屋的谣言。”

胜吕注视着相交多年的这位老朋友问:

“那么连你也相信那谣言吗?”

“我?问题不在我啊!”加纳发泄似的说,“我只想告诉你有这样的谣言,因为你的行动一向很慎重……”

“你就直说是胆小吧!”

“不管怎么说,你的读者要是听到那谣言,不会有被背叛的感觉吗?我是无所谓,可是你不同,你可是基督教徒啊!要是让教会和神父知道了也麻烦吧。还有……”

“我太太是吗?”

“是啊。”

“我太太不管别人怎么说,她都是相信我的。”胜吕满怀信心地回答。

“你是从谁那儿听到的?”

大厅里没什么人。穿着制服的男服务生出去迎接从机场乘坐大型客车来的客人。

“是个叫作小针的采访记者。我也是第一次认识。大约两星期之前他打电话给我,说想偷偷打听有关你的事,他还说见过提到那件事的女画家。”

“哦!”总算了解事情的来龙去脉之后胜吕苦笑道,“是那件事啊。的确在颁奖典礼时,有一位喝醉酒的女人闯过来,大吼大叫地说些空穴来风的事。要是这件事的话我也知道,K 社的栗本也知道啊!”

然后,他故意打了个哈欠说:

“让你担心真是不好意思。不过这都是些肆意捏造的事,请放心好了。”

胜吕以为这么说之后,加纳就会释然,可是加纳却还是很不高兴地没说什么。

“还不想回去吗?”胜吕催促道。

“评审会结束后真疲倦啊!这一阵子晚上有时候胸部还会疼痛。”

“要小心啊,你的心脏不太好。”

“胜吕……前天晚上你在哪里?”

“前天晚上?”

胜吕歪着头,想了一下说:

“在家啊!我在看候选作品。到底是怎么回事?”

“你没去新宿吗?”

“没有啊!”

加纳移开视线自言自语说:

“前天,我看到你在新宿车站的月台上。”

“月台上?你是在开玩笑吧?前天晚上我真的在家啊!内人也可以作证!”

加纳不再说话,他上翻着眼睛看着胜吕。然后自言自语似的说:

“十一点半左右,我和K社的M一起在国营电车中,拉着吊环。我在闹区的小酒店把稿件交给他,两人喝了几杯后,由于回家的方向一样就一起上了挤得满满的电车。我在和他说话时,不经意地往窗外上行方向的月台看过去,就看到你……和一个戴着眼镜的女人坐在板凳上。”

“我?”

“是的!是你没错。”

“会不会是很像我的别的男人?”

“不会的,错不了的,就是你。”加纳斩钉截铁似的说,“连M也吓了一跳。”

“我在家啊！要说几次你才会相信呢?”

“我相信,可是我确实看到你在月台上啊。等到上行电车进站后就看不到你了。”

“哪有这回事？不可能有两个我呀!”胜吕勉强挤出笑容,“那一定是和我很像的别人。我想那是和我长得很像的人故意化装成我,用我的名字在新宿闲逛。你要是不相信,可以打电话问内人看看,前天晚上我在哪里。”

“没这个必要。好吧,你可能真的在家！可是我也确实看到你了。”

“她是个什么样的女人?”

“脖子上围着茶褐色长围巾……穿着现在正流行的长筒靴,戴着眼镜。”

“我没印象呀！对那样的女人。”

“总之,谣言要是传开来你可就麻烦了。还是早点善谋对策的好。”

胜吕心想再怎么说明也无济于事,他早就了解眼前的这个男人,只要是自己说出口的话就绝不会收回。加纳嘴里说着相信，其实心里还在怀疑。

对多年的老朋友都这样，至于别人就更不用说了。根据加纳所说的可以了解到：有一个像从远处就可以闻到尸臭的鬣狗一样的采访记者，已经开始在调查自己了。

“我知道！”

胜吕压抑着不安、困惑和生气等夹杂在一起的复杂情结，点点头。

胜吕站在路旁等编辑栗本回来。在摩托车并排的角落旁，有一家色情店。门开了，有一个青年从里面走出来。从打开的门内看得到架上肉色的淫具，做成像福禄寿木偶的形状，但是没有脖子，脸上露出淫秽的笑容。店里没有客人。可能是大家对这种淫具和封面上印着裸女跪着的照片及用塑胶袋套起来的书，都已经看厌了吧。

对面电影院林立的广场上，披着豹皮的裸女招牌装饰着电影院的屋檐。

要是没记错，从前这一带，即使是正午时分也是个人烟稀少的地方。在已开始干枯的竹丛里，有几家大门暗藏的宾馆。在许多垃圾罐中，突然有一只野猫从罐里跳出来。这地方就是如此的偏僻阴湿。不过这已是遥远的往事了，记忆也不一定可靠。

现在这一带的氛围早已彻底改变。即使是在刚刚走过来的路上，虽然不是星期天，也尽是下班回家的职员和学生打扮的男女。四周响起弹子店的珠子声、招呼客人的男店员的呼叫声，以及电影院开演前带有杂音的铃声。尽管弹子机的噪声努力想要营造出一种虚幻的欢乐氛围，但只是白费功夫。行人对这些刺激已经厌烦，对这些声音和色彩一脸漠然。

胜吕突然想起成濑夫人说的话：“性会暴露出连自己也没察觉到的内心最深层的秘密。”

性会暴露出每一个人的内心深处——可是在这一带，性似乎被处理得太草率。昨夜酒醉客吐出的脏物在路上、墙壁上和电线杆上留下痕迹，到处沾着让人扫兴的东西。性在这里不说明任何问题，这里被贩卖的性不是成濑夫人所说的性。

栗本满脸不高兴地从对面走回来。

“都是些不正常的店……我已经找到樱花街了。”

大学念宗教系、对大鼓感兴趣的这位青年，可能是还年轻吧，似乎是第一次单独走过那条街，额头都出汗了。

“走，去看看吧。”胜吕回答，“或许会碰到假冒我的人。”

他特别加重语气说“假冒我的人”，栗本没说什么。

走到靖国街和花园街交叉的路段，虽然天还没有完全暗下来,噪声却比刚才更为厉害。胸前挂着广告看板的店员和叫客的男人站在自家店前拉客人或散发传单给路人。右侧堂而皇之地放着整排的“窥视屋”“按摩包厢”等招牌,除了“时尚按摩”或“单间摄影室”之外,还有挂着“特别拳击”“特别摔跤”等怪招牌的店。

“这是什么店啊?”

胜吕嘟哝地说,栗本回答:

“是裸体女郎摔跤供人观赏的店。”

栗本的表情不太高兴。无从得知他的火气到底是冲着那些店的,还是冲着胜吕的。

自从加纳说出那件事之后,他感觉栗本似乎变得较生疏了。栗本人很正经,因此很容易相信别人的话,而那天晚上和加纳在新宿车站一起搭电车的 M,跟他是同事,所以他应该已经知道那件事了。这样的谣言只听过一次倒还没什么,可是这种连加纳都感到吃惊的事情,栗本一旦知道了,难免不会产生怀疑。这一点从他到写作坊来,也尽量避开这话题的态度上来看,大概八九不离十。

来到樱花街正中央时,做卓别林打扮的叫客男子很怀念似的走近来,张开缺牙的嘴笑着说:

“先生,好久不见哦!”

他手里拿着“色情馆、快乐馆”的竖牌,穿着劣质的燕尾服,和他那瘦小的身材、消瘦的脸颊倒很相配。

“先生,您已经去过店里了?”

谨慎的胜吕愣了一下,轻轻地拉栗本的袖子,使个眼色后,以嘶哑的声音问:

“店? 你说的哪一家店?”

“您在说什么呢! 当然是奈美子的店啊。”

“还没去。”

叫客的男子脸上仍然堆着笑容说:

“奈美子,她在拉面店哦!”

“哪一家拉面店?”

“说什么呢! 不就是那里的拉面店吗?”

他用下颚指着斜对面的店。

“哦。”

胜吕从钱包里拿出一张一千日元的钞票给叫客的男子。

“经常拿您的钱真不好意思,您要是再不来,奈美子就要哭了!”

胜吕逃也似的走开,然后对栗本辩解说:

“假冒我的人,可能真的很像我,连那家伙都分辨不出来。”

青年不发一语。

时候虽然还早，拉面店里已亮起了日光灯，有四五个客人吃着拉面，发出“嘶”的吃面声。在这里要找脸色不好、皮肤粗糙的二十七八岁的女子并不难。她从周刊杂志上抬起头来，愣愣地注视着胜吕，然后很吃惊似的说：

“怎么来得这么早，要干什么呀！”她故意拉长尾音撒娇道。

“你就是奈美子吗？”

胜吕为了不让大家知道，偷偷地问。

“你这玩笑也太过分了。奈美子已经回店里了。我是花江呀！”

她露出怀疑的眼色。

“咦，你是胜吕先生吗？……”

“是啊……”

“怎么会把我误以为是奈美子呢，要不要去寿司店？”

“寿司店？我已经在这里点单了呀！”

“没关系，钱我来付好了。”

她拿起放在旁边的似乎是仿冒的古驰钱包。

马上到附近的寿司店往椅子坐下后，名叫花江的女子没出声地观察胜吕和栗本。

“到底怎么了呀?”

“不,没什么。”

“你真的是胜吕先生?”

“……”

“不对吗？你骗人！真的好像呀！你不是胜吕先生吗?”

“我是真正的胜吕。你常见到的是另有其人。”

“你们是双胞胎?”

“我们不是兄弟。而且我从没见过他。”

“有这回事?”花江打从心底害怕似的注视着胜吕,“我不要吃什么寿司了,我要回去了。”

“先别走,我不会找你麻烦的。”

栗本挡住准备站起来的她。胜吕也说:

“我只想打听一下那个人的事。”

“你们是杂志社的人?”

“不是。我是小说家胜吕是真的,对方是假冒的。”

“你在说什么?”

“和我很像的人到这一带,假装是我到处胡乱说话,我感到很为难,你明白了吗?”

花江看来比刚才稍显镇定。栗本适时地叫店里的人马上拿酒菜来。

“你是说那个人乱说话？可是你们真的长得很像呀！实在太像了。”

她还有点害怕地偷瞄着胜吕。

“你时常会碰到他吗？”

“他会到店里来。”

“店里？”

“我们的店呀！玩幼儿游戏的店。”

“幼儿游戏？”

“你不知道吗？周刊杂志和电视上都报道了呀！”

花江得意扬扬地把电视上的报道说给他听：

“是客人作幼儿打扮……你真的没看过吗？男的包着尿片，嘴里含着奶嘴的照片。”

“是小孩子吗？”

“不是啦。是大人啊。玩摇铃或幼儿的玩具。”

“为什么？”

“为什么我就不知道。听说是有很多男子希望回归到幼儿状态，是客人这么说的。来我们店的就是这样的一些人。”

“都有从事哪些职业的客人？”

“有很多有头有脸的大人物来，譬如医生啦、议员啦。”

花江说了议员之后，轻蔑地歪鼻子嗤笑，或许她脑子里突然想起客人当中的某位议员，包着尿片，嘴里含着奶嘴的可笑样子吧。她叼着香烟，又嗤嗤地笑起来。

栗本露出厌恶的表情，把眼睛挪开。或许他在心里想象着年纪和胜吕差不多的老人，作幼儿打扮的滑稽相，而觉得难受吧。单从栗本的表情上，胜吕就感到侮辱和可耻。

“所以……那个假冒我的人，”沉默之后，他又开口，“在你们的店里也做那种事了？”

“你是说胜吕先生？”

“是他。”胜吕不由得生气，“不是我！”

“他？来过好几次呀。是小奈美接待的。她还说他有点啰唆。”

她用百元打火机很灵巧地点了烟。

“怎么个啰唆法？”

“譬如说什么这种纸尿片在我婴儿的时候还没有呀！而且玩具也不是从前的玩具……抱怨这抱怨那的。”

“那个男的真的打扮成婴儿的样子？”

“是呀。大部分的客人都一样……个个都陶醉其中。”

花江还故意闭上眼睛，做出陶醉的表情。那是婴儿被母亲抱在怀里正睡得香甜的表情。

胜吕想起自己的写作室，白天也暗暗的，还带有湿气，是能对他回归子宫的愿望产生安全感的房间。而这种安全感和希望回归婴儿的欲望，又和那些想变为婴儿的男人们有什么不同呢？人心深处有着连自己也不知道的黑暗部分。

“这是变态。”栗本从旁插了一嘴，“那种客人！”

“男人都一样，地位再高的人来到我们的店里也都会变成婴儿。”

“客人要付多少钱？”

“两小时三万日元。”

“三万？”

“我们这里还算便宜。六本木那边听说都要五万日元。”

“关于那个男的，你还知道些什么？”

“我不太清楚，我只和他去过一次旅馆。不过，小奈美和他去过好多次。”

“后来呢？”

胜吕紧接着追问下去，因为他无论如何都希望让栗本明白那个人不是自己。花江突然重复又问：

“你真的不是那一位客人吗？”

“不是。”

“要是真的不是他，我就直说了……那个人呀……和你长得很像的那人，会做出变态的举动。”

“变态?”

这时她露出别有含意的笑容。

“第一次和他去跳迪斯科时,他说喜欢闻我和小奈美跳舞时脖子上的汗臭味。……后来去旅馆之后,我一洗好澡他就开始抚摸我的肩和胸部……然后发疯似的猛舔我的脖子和肩部。并不是说他舔我,我就不高兴,可是刚刚才洗干净的身子,马上就被老头子的口水给弄脏了……我听说老头子的口水很脏的呀!”

她察觉到胜吕静得反常。

“我说错话了吗?”

“不要紧的。”胜吕像是征求栗本的同意似的说,“因为那不是我。”

“不过真的像得不得了。你跟我说不是同一个人时,我真的吓了一跳。还有啊,那个人在洗脸台的镜子前面,还想掐我的脖子。”

“掐脖子?”栗本吃惊地问,“是想杀死你吗?”

“后来他说不是。可是那眼光真的好吓人呀!满是血丝,听说小奈美也遭遇到同样的情形。”

“他到底在干什么?”栗本想不透地摇了好几次头,“是不是发疯了!”

“接待那样的客人,你们不讨厌吗?”

“当然讨厌!所以我不想做了……不过小奈美笑着说那只是做做样子罢了。要是愿意和他配合,他会给很多钱。你们小说家是否都做些奇怪的事?”

花江说了之后,又做出暧昧的笑。

“你写了些什么书?虽然我没看过。”

“好啦。”

在旁边一直没出声的胜吕已经忍不住,从钱包里抽出两张钞票。

“这是我的一点小意思。”

“那多不好意思呀!”

花江的口气马上变了。

“你要回去了吗?”

“是的。”

“你不去店里?小奈美来了,她会侍候你的。啊!对了,你可以直接向她打听那个人呀!哪,就这么决定了?”

“不,我今天不去了。”

胜吕表情阴沉,在霓虹灯闪烁、到处都是叫客男子的路上,两眼正视前方走着。到了大马路之后,他好像事先约好似的对栗本说:

“现在你明白了吧？有人假冒我。”

“是的！”

像是被胜吕强硬的语气所慑，栗本点点头。

“明白了就好。”

“是！”

“你的同事M那边，或者是遇到其他什么人造谣的话，你帮我解释一下，可以吗？”

“好的。不过，您为什么这么在意呢？”

“不是连你都怀疑我了吗？”

栗本一愣后说：

“您还是要找到那个男的才行。”

迎面而来的年轻小姐注视着胜吕，拉了一下身旁青年的手，小声地说：

“是小说家的胜吕！”

胜吕听到了这句话，向她露出了面向读者的微笑。察觉到胜吕表情的栗本又小声地说：

“为了读者，您非把那个男子揪出来不可！”

三

小针和胜吕一样也在樱花街闲逛。身为采访记者的他，预感到最近可能会“嗅出”什么重大新闻。他有信心可以找到线索让胜吕露出马脚来。

纵使工作再怎么忙碌，只要是工作地点在新宿附近，他就设法到樱花街附近看看，然后再回家。这条路既窄又短，往返一趟要不了十分钟。他每次脑中都闪过或许会碰到胜吕的念头，可惜这个念头一直都没有实现。每当失败时他都感到一阵疲惫和凄凉，脑海里浮现出胜吕坐在得奖席上，既得意又满足的表情。

“说不定……”的念头，终于实现了。

从黄昏就开始下起冬雨的某日，小针本来打算直接回家，不绕到樱花街去。不过，他念头一转，从往新宿车站的方向，改在这条短街下车。

迎面而来的撑着伞的几个人当中,似乎有一人曾在哪儿见过,虽然一下子想不起来,但是擦身而过时,小针突然想起来了,就是她。

就是上一次小针在原宿跟踪的中年妇人所要等的同伴。矮个子,戴着圆形眼镜,怎么看都不像是很机灵的女性。错不了的,就是她。

女人突然回过头来,将伞稍微倾斜,一摇一摆地爬上坡去。她身材微胖,裙下露出粗肥的大腿。

小针加快脚步赶过她,装作不认识,走了一会儿,再回过头来向毫未察觉地从旁慢步而过的女子笑着说:

"喂! 你该不会是胜吕先生的朋友吧?"

小针自己也不知道为什么刹那间会冒出这样的话来,要是对方否认的话,就再做打算好了。

"你是胜吕先生的朋友吧。"

"谈不上是朋友,不过,"对方倒是意外地很亲切地回答,"曾经一起喝过酒。"

"说不定……"的念头现在总算实现了。眼前这位女子,和宴会之夜的那位女画家不一样,不知是不是对自己毫不警惕的缘故,躲在她圆形眼镜后面的眼睛,甚至还浮现出笑意。

"啊! 那真的是你,我听胜吕先生谈起过。"

之后,两人的谈话就如新机械的齿轮般开始圆滑地运转起来。

“您是胜吕先生的朋友？怎么知道我是先生朋友的呢?”

“因为胜吕先生说过你戴着眼镜,脸圆圆的……”

小针急忙编了一套谎话,对方似乎未起疑心。

“你不是画家吗？一起喝杯茶或什么的?”

“喝茶?”女人嗤嗤地笑了,“你喝茶啊?”

“要是你喜欢的话,喝酒也行。”

“我喝酒呀,不过这次将就一下就喝红茶好了。”

在这条街上,像这样男人先向女人搭讪,然后女人接受对方的邀请,大家都是这样开始交谈的。进入“咖啡-酒吧”店后,小针连单都没点,直接问道:

“是你问胜吕先生‘可以让我画您的肖像画吗’的?”

“是呀,”圆形眼镜后面现出女人毫无警戒的笑容,“是我啊!”

“那时另外还有一位女性吧?”

“你是说石黑比奈？她也在啊!”

“我是听胜吕先生说的。他说他那时候醉了。”

“是吗？他这么说的吗？不过,我不觉得他那时候醉了。”

“总之,胜吕先生让你们画了。”

“也不是特别要我们画的,而是在旅馆聊天时画的。那天晚上比奈和我在樱花街打工帮人画画像,还拿着写生本子。”

小针并没有漏掉旅馆两个字。是了,胜吕和这些女人开了旅馆。

“胜吕先生在房间里做了些什么呢?”

“开始时大家一起闲聊。他真不愧是小说家,眼光非常锐利!”

“这话怎么说?”

“他一眼就看穿我是被虐待狂。我可以喝酒吗?”

她毫无顾忌地说自己是被虐待狂,那语气就跟说我喜欢织毛线并无两样。反而是小针慌忙地再一次打量女人的脸:戴着眼镜的圆形脸上,透露出善良的个性,根本找不到被虐待狂的病态印象。

“对了,我还没请教你的名字,我是小针。”

“我叫糸井素子,请多指教。”对方像演员似的语带诙谐地回答着,“我是初出茅庐的女画家,街头画家算是我的一份副业。”

“他真的看穿你是被虐待狂了?”

“是呀!所以后来他才邀请我们,还说想欣赏我和比奈的游戏。”

“结果呢……”小针吞下口水，“做了吗？”

“那种事，没什么了不起啊！只不过是兴趣问题罢了。而且胜吕先生还给了钱。”

“他只在旁边欣赏吗？”

“不是的，第二次他也参加了进来。”

“你们是光着身子的？”

“难道还有人穿着衣服玩吗？”她嗤嗤地笑着，“你和女人睡觉时都穿着衣服？那你估计是有什么阴影吧。”

“这样啊，那个胜吕也光着身子……不过，老头子的身体很丑吧？”

“当然和年轻人不一样。身上到处有老人斑，皮肤也没有光泽，只有肚子大大的……还有一点臭味！”

“很臭吗？”

“是的，不过不是真的臭，而是老年人的味道。就像火葬场的气味，类似烧香的味道。不过，因为对方身体丑陋我反而动了情。”

糸井这么回答着，眼镜后面的小眼睛眯成一条缝，嘴角泛起微笑，大大方方地说出令人心跳的内容。

“为什么？”小针吃了一惊。

“为什么呢？因为高中时我曾梦见被丑男人强暴，从梦中醒过来却并不觉得讨厌,反而动了情。那时被胜吕先生压着,被舔得满身都是口水,最后还被掐着脖子,我反而有一种飘飘欲仙的感觉,甚至觉得就这么死掉也无所谓。这是因为胜吕先生身体丑陋的关系。”

“这是什么心理? 我真不懂。”

“好可怜啊! 你以为和女人睡觉就像两张重叠在一起的镜饼? 性的道理是很深奥的,身体深处会产生各种感觉,就像不同的音乐。”

听她说着,小针心想这女人根本就是变态。对他来说,变态,就像疯子和罪人一样,都隐藏着可怕的黑暗。身为基督教作家,竟然也加入那种世界,和女人做出那种错乱的行为。

“胜吕先生也这么说。后来三个人一起聊天时,我问胜吕先生,为什么我对丑陋的东西反而觉得刺激呢? 他说那是藏在人类内心深处的不合道理的谜。一般的看法是人对于美好的事物才会感到喜悦,可是事实上,无论是丑或美,人都能陶醉其中的。”

“那只是少数人才有的感觉吧?”小针反驳。

“可是,胜吕先生说每一个人都有这种本能。人还会产生堕落的愉悦。心,是很深奥的东西。他说很了解我和比奈为什么能引起共鸣,产生那种感觉。这话怎么解释呢? 我和比奈都在画画，厉害的画家只相信定型了的美。但是我和比奈老早就想从大家都觉得丑陋的、可怕的东西里头找出美，去画它。因此我们的看法一致。你要是参观过我们的画展，就会了解的。不过前几天已经结束了。”

“我看过胜吕先生的肖像画。”

“对，那是胜吕的印象画。是我完全按照自己的感觉捕捉到的。”

素子将稍微流了汗的身体靠向小针，好像两人已是多年的老朋友般。小针怎么想都想不透，和消瘦的比奈不一样，眼前微胖而讨人喜欢的女人竟然是被虐待狂。在她看来钝感的圆形脸上戴着一副眼镜。小针的经验告诉他，这种女人，抱一下就会觉得闷热，身体还会被汗沾得黏黏的，是那种反应迟钝的类型。

老旧的椅子也许是没油了，医生看完检查表后转过身时，发出了声响。对于“吱——”的声音，胜吕到这家医院之后已经听惯了。医生都在发出声响之后才开口的，今天也不例外。

“GOT 82、GPT 106，比上次高了许多。您是不是工作上太劳累了？精神上的压力也会有影响的……我不是跟您说过好多次了，这样下去肝硬化的危险性会增加。”

“我知道。”

回家之后，胜吕跟往常一样，告诉了妻子比实际量低很多的数值。尽管他们彼此都已到了接近死亡的年龄，但是他还是不愿意让她尝受孤独和忧心的滋味。

如千岁之松长寿
至长青苔而色不变
节操直如幼竹
不知积雪之重
思筑紫道真之飞梅
生于难波津……

舞台上武原小姐的《松之寿》已经开始。微胖的富山清琴发自丹田的洪亮声音，和武原小姐年过八十仍稳健如昔的舞步，都让胜吕屏息。这支舞没有任何多余之处。本来正担心国立剧场的舞台对京都风土舞的表演来说恐怕太宽，而且灯光也太亮了。可是等到她一站出来，不但不觉得空间太宽阔，她的四周还骤然缩紧了起来。

胜吕心想，今晚陪妻子一起来是对的。老早妻子就被电视上阿范演的《雪》所迷倒，嚷着希望能想办法买张公演的入场券。后来他偷偷拜托报社的人买到了,可是等到像现在这样子并肩观赏《松之寿》时,两人都已经是老夫老妻了!

两人就这样静静地生活,静静地迎接死亡的到来。文学方面,只要把以前的创作再加深就行了,他不想再突破,也不去冒险。“祈天长地久,鹤群来仪。”阿范小姐的动作戛然而止,摆出毫无缺点的立姿。

幕帘垂下,屏幕上打出休息十五分钟的字幕。大家都站起来,前座看来像料亭女老板的女人忙着向客人打招呼。

“下一场就是你期待已久的《雪》了!”胜吕小声对妻子说。

“哦,真是没白来!”

“到走廊去走走吧。”

离开人多嘈杂的走廊在椅子一坐下来,妻子把银色手皮包放在膝上,突然正色道:

“我有一些话想跟你说。”

“什么事?”

“在这种地方不好细说,不过我想把蜜辞掉。”

“辞掉?”

“我就知道你一定会不高兴,所以一直没说出来……那个孩子偷过两次钱。一次是偷了放在写作室桌上装着瓦斯费和水费的信封,另外一次就是昨天电视台寄来的现金袋掉在了走廊上，里面的钱不见了。”

胜吕想起森田蜜的脸，沉默了一下，然后问：

“怎么认定是她偷的呢？”

“她自己说的，我问过她。”

“很肯定的？”

“是的，她说好朋友的母亲离家出走了，父亲沉迷于自行车赛的赌博，后来入了院，她朋友还要照顾弟妹。”

“所以蜜同情她才偷了钱？”

“是的”

“这孩子就是这样。你也曾说过的，她的心肠确实很好。”

“可是……”妻子叹了口气，“偷钱是不好的。第一次我就说了她一顿，第二次又犯了同样的错误。我已经不能放心让她继续打工了，必须有个了结。”

“这样……”胜吕沉默了一下，“照你的意思做就行了。本来就不是非请她来不可……”

胜吕想起梦中的事，妻子还不知道梦中的蜜是什么样子。当然，这种事没有告诉妻子的必要。不过，妻子是否对蜜到写作坊来本能上意识到一种危险呢？到目前为止他从未想过妻子也会有这种情绪，便紧盯着她看。妻子又以平静的语调说：

“我昨天去了一趟她朋友父亲入院的医院。”

“为什么?”

“因为要把蜜辞掉的话,我也有些担心。那家医院在表参道地铁的出口附近。病人据说是癌症,我拜托护士转交点东西给她朋友和朋友的弟弟妹妹……护士也认识蜜,还说有时朋友不能来时,她就代替朋友来照顾病人。她偷钱也好像是因为这缘故。”

第一遍铃响,围成圈子谈笑的客人有几位开始移动。果然观众大多是穿着和服的行家样的女性和喜好国乐的企业家。有人远远地望着胜吕,点了点头。可胜吕如何也想不起来对方的名字。最近他觉得记忆力衰退得厉害,而且以后蜜也不到写作坊来了。这样也好,免得每次看着她边哼着歌推着清洁机,就会想起梦中的事而感到烦闷。

“听说医院里有几个义工在那边帮忙,她们按照医院的安排从事对应的工作。我去的时候看到一位气质高雅的女性在做事,听护士说是位寡妇,她死去的丈夫是个大学教授。”

妻子的话他听到一半就站起来,两人并肩走向大厅的门。

“听说那位叫成濑的女性每个星期都来两次。我也早就对义工有兴趣,刚好向护士请教了一些东西。”

“等等,你刚刚说那位太太叫什么名字?”

“叫成濑。怎么了?”

“不,没什么。是我听错了。”

他岔开话题后,又和刚才一样观察妻子。

(不会真的是她吧!)

他想起几天前,在原宿的小巷子里一起喝咖啡的那位夫人也叫成濑,还记得她曾说过在当义工,但不敢十分确定。到了这年龄,即使是刚刚发生的事也不一定记得准。

“我也想学当义工,你觉得怎么样?”

“要是对关节没什么影响就去吧,反正也用不着照顾儿子了。”

“明天也和平常一样到写作坊去吗?”

“明天下午在新宿的纪伊国屋书店有读者签名会。”

第二天下午,当栗本和胜吕的脚一踏入举办读者签名会的新宿书店时,等待签名的人已经排成了长队。

队伍中有学生打扮的青年男女,也有中年女性和上了年纪的绅士。他们对站在预先准备好的桌前的胜吕投以善意的微笑。

(这些人是读者,是读我的作品、支持我的读者。)

胜吕坐到小书斋的书桌前,他曾想过自己的小说到底都跑到哪些人的手里去了呢?他不知融入了人生体验的、像捏黏土般创造出来的作品,是如何辗转传达给读者的。他感到不安，而现在那些读者就在眼前排着队。

“现在请各位按照顺序请胜吕先生签名。”

书店的工作人员手里拿着携带型麦克风说道。

“请把给您的号码牌放在书上，交给书店的负责人员。”

胜吕缓缓取下黑色签字笔的盖子，朝着排在第一位的青年微笑着，签下自己的名字。

“我……的……名字也……”

青年也许是太兴奋了，说话有点口吃。书店的负责人员想拒绝他，不过胜吕还是在书上写下了青年的名字，心想这是对读者最起码的感谢。

签了五十本之后，他的手腕开始感到酸痛，而签字笔的笔尖也因磨损不好写。胜吕用冰过的毛巾揉揉手，取下新笔的盖子。

读者的态度不一，有郑重道谢后才走的中年妇人，也有满脸不高兴、签好后抢着就走的老人。后来书店的人偷偷告诉他，那个老人是受了孙子的请求，在这里等了好久，所以才气呼呼的。还有一个男子可能是经营旧书店的，从包袱巾里拿出十本胜吕的书要求签名。

签完一百本后，休息了一下。很快的又有新的行列等候。

“太多了，到一百二十本就截止吧？”

栗本和书店的负责人商量。

“不,没关系。”胜吕挥挥手,“再签三十本左右吧。”

话说完,他看向排列前头的男读者,发现男人穿的衣服有点印象,那是蓝底白袖的运动夹克。男人粗鲁地说:

“请写上我的名字。”

“请不要要求写名字。”服务人员从旁插嘴。

“前面的人不是也写了名字吗?请写上 Kobari · Yosio,hari 是缝衣服针的‘针’,Yosio 的 Yosi 是正义的‘义’。”

胜吕察觉到男人的视线,写完“小针义男”四个字的瞬间,他想起来了:加纳在 A 奖评审之后,在饭店告诉他的采访记者的名字就叫小针。

可是,不能光凭名字就认定他是采访记者。胜吕打开下一位读者的书,眼光搜索刚才那个男子,发现他已从楼梯消失了。那时,胜吕肯定曾在哪里见过他,可就是想不起来。

(会不会看错人了?)

胜吕努力想在心里制造安全感,却是白费力气。认为刚才那个男人是为了调查自己才来的念头反而在心中逐渐扩大,胜吕揉着手安慰自己不用害怕。

签完之后站起来时,他的脚步都有点不稳,手很累,肩膀也酸痛。他想起转过椅子时那位医生的表情,心想今天的数值可能又升高了吧。

“我想休息了……”他对栗本说。

“好的,不过……有一个坚持要跟您道谢的人,就等在那儿。”

眼睛朝栗本所指的方向看过去,要求签名的人离去后,打烊前的书店人影稀疏,整层楼的书架仿佛都朝向自己,令人有一种透不过气来的感觉。戴着粗框眼镜的年轻人恭敬地站在前面。

像匹诺曹那样行了个笨拙的礼后,年轻人用紧张的声音说:

“我是从学生时代起就一直看您的书的忠实读者。”

“咦——”

“我在复健中心工作,是残障儿童的复健中心。刚开始有点不喜欢,不过现在我很满意,这都是受您作品的影响。”

胜吕勉强露出笑容,觉得那声音有种压迫感,没察觉到胜吕窘状的青年用手指推推眼镜,抽出夹在腋下的相簿。

“请您看一下光明学园的照片。”

“光明学园?”

“是我现在工作的残障儿童复健中心。”

在廉价相簿里,每一页都贴着四五张照片。有运动会时他穿着运动服和小朋友传球的照片;也有手脚不方便的小孩坐在轮椅上,他从后面推着的照片;还有园游会时,他和扮成兔子的小朋友手拉着手、抬高脚的照片。

"我常在值班的晚上,照料小孩们上床后,一个人看您的小说。"

"……"

"说句有点自大的话,那时我感到背后有一双无法形容的眼睛,那是保护着小孩的温柔眼睛……"

胜吕避开青年的目光,面对由于受到自己作品的影响,而对目前的工作感到满足的这位青年,胜吕的心情反而沉重。目光虽然避开,但他的脸上仍然装出笑容。那是在家里或对路上擦身而过的读者所露出的笑容……

"我很感谢你这么说。不过,小说并没有足以改变人心的作用啊。"他为了要赶快从这种沉闷的空气中逃走才故意这么说,"至少我的小说是这样的。"

"不,有,是有的!"

看来青年是把胜吕的话当了客套话,他用手指把眼镜往上推。

"要不是您的小说,我也不会想领洗。"

"领洗?"

“是的,我下个月要领洗。”

胜吕听了心中没有一丝喜悦。对于自己的书改变了一个人的人生方向,胜吕觉得不可想象。他感觉自己是伪善者,而闭上了眼睛。到今天为止,他并不是为了教导人才写小说,也不是为了宣传基督教教义才当小说家的。

“我可以和您握手吗?”

青年的食指指甲带着脏物。胜吕握住那柔弱、渗出汗的手。

他再抬起头来发现青年背后的出口,有人正朝着这边凝视。那是刚才在签名会上,态度傲慢地要求签名的男子。

男人远远地看着和青年握手的自己,明显露出了轻蔑的表情。

胜吕内心的齿轮突然开始乱了,他也很清楚乱的原因。在胜吕的世界里,某种本来密切契合的东西,从颁奖典礼的晚上起,突然合不上了。

在这间可说是胜吕唯一避难所的小房间里,他趴在桌上强迫自己相信:

(不会有事的,是自己想得太严重了!)

的确如此。其他作家也常会有假冒者,大家会当成是同一回事吧！干脆就像别的作家那样不理它算了！

心里虽然这么想，但还是无法释怀。

胜吕眼前出现各种自己的影像：在颁奖典礼的会场，看到和自己相似的脸。那张脸还和并列在画廊的肖像画重叠，两者都露出下流卑俗的浅笑。

因此，当妻子不在时，他曾在写作坊的洗脸台前照镜子。镜子里是张充满倦意的脸，黄浊的眼睛，两鬓夹杂着不少白发，是六十五岁的脸。虽然已经六十五岁了，还有着许多迷惑、不安，且胆小如鼠。

他对着镜子伸长舌头，想起中学时看过的德国影片中的一幕。那是由和他一样六十五岁的老演员饰演的，和年轻少女谈恋爱，结果被抛弃，受到伤害的故事。其中有一幕是老人对着后台的镜子自嘲、吐舌头。

（这就是你，你的脸，和那肖像画有何不同呢？）

他在内心也如此自问。一向只在意社会批评和读者眼光的他突然感受到了压力。

那天深夜，他被电话铃声吵醒。

（这个时候会是谁呢？）

妻子似乎也醒过来了。

“我去接吧！”

“不用了,我去好了。”

走出卧室,打开走廊的电灯,他把听筒放在耳朵旁边,用连自己都清楚的不高兴声音说:

“喂! 喂!”

对方没有回答。

电话对面一直在试探这边的反应,很快就听到挂断的声音。胜吕并不认为那是恶作剧的电话,因此在黑暗中屏住了呼吸。

他对星期六傍晚来打扫写作坊的妻子说:

“我要到表参道买东西,3B 铅笔不够用。还有,今天晚上我或许睡在这里,因为工作没什么进展。”

“我知道了。”

擦拭着花瓶的妻子似乎毫不怀疑丈夫,她知道胜吕打草稿时非使用 3B 铅笔不可。

“住在这儿也好……不过明天是星期天哦!”

“是啊。”

“偶尔也该去去教会吧?”

她的脸上浮现出好像在捉弄小孩似的微笑。看到那张脸,胜吕突然想起某位外国作家的一部短篇小说。

那是描写一个中年男人和妻子的关系的佳作。妻子是典型的贤内助,为了丈夫任劳任怨,把家里打扫得一尘不染,床单经常换洗,还费心准备三餐。男人对这样的太太虽然心存感激,可是不知怎的,总是觉得好累。这时,他认识了一个酒家女,发生了关系。到听得到小孩哭声、极为杂乱的酒家女房间时,不知怎的男人却能感受到在妻子身旁所没有的松懈感。

“知道了,我就在外头吃饭了。”

“今晚打个电话回来呀!”

胜吕为从妻子身上联想到那部短篇小说而感到愧疚。走出写作坊抄近路到表参道。登上很陡的斜坡,他在中途就已上气不接下气。衰老对胜吕而言,不只是肝脏,还腐蚀了胜吕的全身。要是睡眠不足,第二天不但没体力,走久了就连膝盖内部都会隐隐作痛。在这种时候胜吕经常感到:末日已经以这种形态逐渐逼近着自己。

有一阵子没来,面向青山街又新开了一家卖外国鞋的鞋店和唱片行。买了铅笔,他沿着掉光了叶子的行道树在街灯刚亮的路上走着,来到妻子所说的医院前。医院就在青山街旁,有一个穿着宽松睡衣的年轻女性从病房的窗子百无聊赖地俯视街上。

候诊室里冷清清的,药局前有一位可能是刚刚入院的年老患者,冻得缩着身子抽烟。胜吕向走到身旁的年轻护士询问小儿科在哪里。

“您要探病吗?小儿科除了父母之外,是谢绝外人进入的。”

“不!我是要来找在这里工作的义工。”

“对方叫什么名字?”

“成濑小姐。”

护士好像颁发赦免状似的举起手,指向电梯的地方,说在四楼。胜吕等着电梯,心想为什么要来看成濑夫人呢?他刚才想起的外国短篇小说的情节又浮上心头。虽然和她只见过一次面,却为何特别对这女性感兴趣呢?之所以买了铅笔之后起了来探望她的念头,也是因为觉得和妻子不能说的话题,和那夫人就可以谈了。

从地下升上来的电梯里,搭乘着一位年轻医生。电梯一停下,那医生也和胜吕一起走到走廊上。

白衣的影子从柜台旁的不透明玻璃看去,如海草般晃动着。从前胜吕胸部有毛病,长期的住院经验告诉他,这时候是医院比较轻松的时段。

“请问义工的成濑小姐在哪里?”

“成濑小姐?她今天来了吗?”

他听到里面护士们彼此的交谈。

“不是在复健室吗?”其中有一人说。

胜吕从走廊直走寻找复健室,走过洗脸台前,刚刚在电梯里遇见的那位年轻医生已整理好头发。

“请问复健室在哪里?”

“在里面。”

医生并未怀疑胜吕,反而向胜吕点点头。或许是从电视上知道他是小说家。

走近年轻医生告诉他的房间,听到幼儿的哭泣声。胜吕往里头看,穿着蓝色运动服的成濑夫人和看来像高中生的护士正在训练十岁左右的少年练习走路。胜吕对自己说,从外面偷偷看下她就回去吧！少年将身体放入平行台,扶着两侧的横棒,配合着夫人的声音,努力地一步一步前进。这时有个六七岁左右的小女孩从前方跑过来,拉住夫人的运动服。

“说‘布比’的故事给我听吧。”

她扯着成濑夫人的袖子。在平行台上的少年也停止了走路。

“是啊,讲讲‘布比’的故事吧!”

“等茂的步行训练再做两次之后再说。”

夫人抓住小女孩的双手,往自己的身上拉过来,笑着说。

"'布比'的故事？是什么故事呀？"护士问。

"是我编的童话：大家都讨厌的狼，也受到森林里动物的排斥，只有小兔子布比对它很亲切，后来狼因此改变了秉性。"

"这故事很精彩呀！您以后会继续编吗？"

"小孩经常缠着我要我说故事，我都把以前书上看过的童话都说光了，没办法只有自己编了。"

"您也给自己的小孩说那样的童话吗？"

"我自己没有小孩呀。"

小孩子们急躁地拉着夫人的手，护士一责骂，名叫茂的男孩放声哭了起来。夫人两手抱着男孩，讲"布比"的故事哄他。胜吕觉得这就是"妻子"的世界，现在的她很像自己的太太。不过，和这位女性他是可以谈论自己的小说，甚至连和妻子绝口不谈的性也是可以谈的。

"小兔子为了治疗狼恶化的眼睛，去拿来了冰。"

"那恶猫呢？"茂坐在夫人的膝上问道。

她抬起头来看到正往入口处张望的胜吕，似乎吃了一惊，停下了故事，注意到自己穿的还是运动服。

"我这个样子……"

大眼睛里透露出不好意思的讯息，她笑了。

胜吕在一楼的药局前等她换好衣服下来。

“很抱歉!”她穿着和那天一样的浅褐色大衣,从楼梯上下来,“让您久等了,不过,刚才真的吓了我一跳!”

胜吕掩饰着说是妻子前些日子到这家医院来探病时,偶然间听到了她的名字。

“听说您在义工中很有名。”

“真的?可能是做久了的关系吧。”

“您接下来有什么打算吗?”

“回家。虽然家里没有需要我照顾的先生。”

那语气似乎是在等着胜吕邀请她。胜吕想起附近有一家卖鸡翅的中餐饭店,嘴里自然说出邀请的话。

“您不回去可以吗?……太太不是在家等着吗?”

“我今晚必须一个人吃饭,因为工作上没有什么进展。内人很了解的。”

“真辛苦呀!”夫人不经意地安慰着,想起某事似的说,“上一次我胡乱说了些话,请多多原谅。”

时候虽然还早,但是中餐饭店意外地已有很多客人。认识的经理带他们到位在角落胜吕和妻子来吃过两次饭的位子。夫人坐在上次妻子坐的椅子和胜吕相对。他觉得刚才的胸痛又发作了。

“您不喜欢辣吗?”他想忘掉胸痛而故意问。

“不,我喜欢。”她点点头,“这是四川菜吧?”

“是的,所以味道可能很重。”

胜吕叫了猪肉里掺大蒜的蒜泥白肉和鱼头调辣味的砂锅鱼头,然后开玩笑似的。

“哎呀,看来您好像很喜欢小孩?”

“是啊。您呢?”

“我跟一般的父母一样疼小孩,不过小孩都已经结婚了,在外地工作,所以有好长一段时间没见面了。您为什么要做义工呢?”

“可能是因为我自己没小孩的关系吧!”夫人笑了,“或许是因为喜欢把小孩抱在怀里时身体的感触,又或许是喜欢那种软绵绵的感觉,奶香的味道!”

“没当义工的时候呢?”

“表兄在京桥做古美术商。”这么回答后夫人苦笑着,“讨厌哪!怎么调查起我的身世来了。是不是小说家都喜欢问东问西的?”

“这个……”胜吕道歉,“我只是想跟您多谈谈而已。”

菜送来之后,夫人很灵活地运用筷子和手指,吃得似乎很开心。胜吕注视着她的大眼睛和宽润的前额,以及吃东西时嘴巴嚼动的样子,感觉和妻子有不一样的地方。他们边吃边聊些有关吃的话题,谈到曾经在香港找到一家鱼料理做得很好的店,没想到夫人也知道那家店。

“你经常到外地去吗?”

夫人不知为何犹豫了一下。

“是的,大约两年一次。不过我的旅行是比较特殊的。”

“怎么说?”

“都是为了某些目的而去的旅行。对了!我昨天读了您这个月发表在S杂志上的短篇小说。”

她突然改变话题。

“那篇作品是否也如您上次所指的避开了性的问题呢?”

“对不起!后来我真的觉得很不好意思。第一次和您见面竟然说出那么失礼的话!”

“不!还是说出的好。我对您感到好奇也是因为这缘故。像您这样……在医院当义工的人……为什么对性感兴趣呢?”

“不行吗?当义工的女人对性感兴趣不可以吗?”成濑夫人用餐巾擦拭嘴巴,“其实您有这种想法才真奇怪呢!我知道这么问是很失礼的事,不过,您在家都不谈这种事的吗?”

“是的,我们夫妇几乎都不谈这种事……那您跟逝世的丈夫……说这种事吗?”

“不!”夫人涨红着脸摇摇头,“当然不说。可是,将我和我先生深深结合在一起的是性……不,是性所表现出的两人内心深处的东西是一致的。”

胜吕发现,夫人总算触及他最想探讨的东西。在小说家的他的内心深处,有一种类似鱼上钩时的感觉和快感流窜着。

“我不太懂您说的话。”

他把这家店出名的锅巴放到小盘子上,故意装迷糊地问。

“或许吧。”

“要是请问您具体内容,可能很失礼吧?”

“是呀,那很失礼。”夫人笑了,“那可是我和我先生之间的秘密哦!”

胜吕对这种干脆的拒绝方式反而感到莫大的吸引力,他觉得眼前的这位女性身上充满着谜,好奇心蠢蠢欲动。

“这对小说家来说可是句刺激的话!”

他自言自语似的说,可夫人低着头装作没听见,移动着筷子。

“你说过性会透露人内心深处的秘密?”

“竟然套起话来了。”夫人睁大眼睛笑着,“我不会说出来的。”

“不,我不是问您内容。请回答我说出来也无伤大雅的部分就行了,您真的相信性会透露内心深处的秘密吗?”

“是的。”

“你们夫妇之间也是这样?不,我不是问你们夫妇间内心的秘密……我想问的是……锅巴是蘸着蘸料吃的……我想问的是你们夫妇是什么时候发现这秘密的呢?”

“我先生暂且不谈,我自己一直到结婚为止,不,即使结婚之后的一段时间内我也不知道自己身上会隐藏着这种秘密。”

“您是说结婚之后,过一段时间才发现的?”

“可以这么说吧,因为有某件事。”

“所谓某件事是……请放心!我并不是问您内容。……您是从某时候才开始意识到自己以前从未意识到的东西是吗?”

小说家的好奇心就像火车头的活塞,开始转动之后就难以停止。经常是这样。

“是的,我发现了连自己都不知晓的秘密。”

成濑夫人把筷子整齐地摆在盘子上,重复了同样的答案。

“到那时为止都不知道的秘密。”胜吕也重复着这句话,做了各种想象。可是从夫人脸上得不出任何东西。

她很灵巧地用长筷子把什锦锅巴放入口中。嘴里发出咬碎锅巴的声音。看她嘴巴的动作,有一种鲜活的吸引力,其中包含着色情因素。这让胜吕联想到以前和妻子及其他女性一起吃饭时,从未想过的性的行为。不只是这样,她拿筷子和把杯子送到嘴边时,细长的手指的动作,就像蜘蛛吐丝缠在猎物身上那么柔滑。

“看您的样子,好像很好吃。”

他不由得叹了口气。

“是吗?我很喜欢吃。”

“上次的展览……您说您认识画肖像画的那个人?”

“是呀。”

“那个人……说了我……不!说了假冒我的人什么了吗?”

“只说了一些。”

“说了些什么呢?”

“说和您一起喝酒啦,她画了您的肖像画的素描啦。”

“等等!那不是我,是假冒我的人的肖像画。”胜吕放下筷子,露出极为困惑的表情,“从我的脸上看得出那种下流的样子吗?”

“为什么对这件事那么在意呢?”她抬起头来看着胜吕,“您要是下流的话,那我岂不也是下流的女人?”

他不懂夫人所说的下流的女人的意思，所以没作声。夫人伸出手拿起盛在盘子上的小虾食用。在嘴唇轻闭着的嘴里，牙齿嚼动着。看她享受美食的表情，胜吕想起某件事。是的，那是肉食性动物吃猎物时的表情。感觉刚才在医院里被小孩包围着的夫人，现在好像完全变成了另一个女人。

“不像同一个人啊！”

他又叹了一口气。

“什么事？”

“从您吃饭的表情，绝对联想不到您在医院时的样子。”

“哎呀！那是当然的嘛！不管是谁都不会只有一个样子、一张脸的。”

胜吕瞬间闪过一个念头：夫人被丈夫抱在怀里时是否就是这张脸？

“那您是有着不同样子、不同的人格了？”

“您呢？”

“可能有吧。否则就写不了小说了。”

“我也一样呀！”

穿白色衣服的服务生把一对年轻男女带到隔壁桌来，男人刚才可能在附近体育馆的室内球场打网球，把球拍放在了空椅子上。

“您是怎样不同的人格呢?”

“哎呀,下雪了。”

夫人故意扯开话题,青年的头发上好像沾满露珠似的发光,雪正在融化。

“无论如何都不能告诉我吗?”胜吕固执地问。

“以后……某天我会告诉您的!”

夫人微笑着细声说。

“哎呀! 外面下雪了!”

听到打开窗户准备把晒在外面的裤袜收进来的女人自言自语时,小针慌忙地把照片压到书本下面。等女人进入厨房后,再把照片拿出来。

戴着眼镜的女人,脖子上系着颈圈,嘴巴微微张开,舌头伸出来,吐出的像咖啡渣的脏东西弄脏了整个下颚。她的表情没有丝毫痛苦的影子,还面带笑意,那是幸福的笑容。

今天下午,他去拜访贩卖特殊照片给《焦点》和《星期五》杂志的摄影师朋友时,偶然拿到这张照片。

在几个摄影师合租的公寓的房间里,有几卷黑色的底片如裤袜般挂在窗上,刚洗好的照片凌乱地散在大桌上。朋友在暗室里工作,小针把照片翻过来,看背后用圆珠笔写得很潦草的说明。在新宿车站拍到的色情狂和被调戏的高中女生。著名的女明星和自幼失散的生父久别重逢的光景。小针像玩扑克牌似的翻动这些照片,突然他的手僵住了。

“这个……”他大声唤来朋友。

“怎么了?”

打开门,穿着工作服的朋友露出疑惑的脸进来。

“这张照片,是怎么回事?”

“那个啊——”朋友注视小针高举的照片,“那是在六本木某饭店中,‘换妻杂志’主办的宴会啊！是有特殊嗜好的人的聚会……现在的东京,像这样的东西已经不稀奇了。还不知道杂志社买不买,不过,我想带到《星期五》去看看。”

“你见过这个女的?”

“哪一个？哪一个?”

说着“哪一个”时,朋友口中吐出白色的气息。他从小针的背后抽走照片,工作服上发出刺鼻的染料味道。

“是啊！记不清楚了。大约十二三人聚在一起,刚开始大家还有点畏缩,渐渐地就陷入半疯狂的状态……啊！想起来了。这个女的被有相同倾向的男的当成宝贝……他们叫她摩小姐、摩小姐。”

“没戴眼镜吗?”

“不记得了。你认识她吗?”

“嗯。拍照片的饭店是在哪里?”

“六本木的‘沙特尔-鲁秋’。”

小针含着未点火的香烟,眼光落到别的照片上。

这张照片上没戴眼镜,但的确是那个女的,他还记得在樱花街的咖啡酒吧中,那女人说话时的圆形脸和微胖的身材。她和三四个光着身子举起啤酒瓶或杯子的男人在干杯,背后几个背朝这边躺着的男女也被拍摄了进去。

小针希望能从照片中找到胜吕。里头有两个身材瘦削的男人,看来有点像。但是从年龄上推断,其中的一人不可能是胜吕,另外一个看来年龄差不多,但也没有十分把握。令人兴奋的是,背向这边的女性,从她模糊的背部可以嗅出是上次自己跟踪的中年妇人。

“你真是厉害啊!这都能混进去。”

“也有失手的时候。摄影师工作很辛苦的,还要到处放饵。”

“这张照片借我一天,可以吗?”小针拜托着,“我会准备谢礼的。”

小针听到六本木的“沙特尔-鲁秋”时,马上知道那是外语不灵光的朋友听错了,应该是“沙特尔-鲁鸠”。说到“沙特尔-

鲁鸠”,喜好此道的男女不管是谁都知道,那是 SM① 的饭店。

他借了照片搭乘地铁到六本木。按照朋友说的,戴着圆形眼镜的那个女人的同好叫她作摩小姐,她应该相当有名吧。既然如此到“沙特尔-鲁鸠”去问问看,或许能得到更详细的资料,再从这资料中或许可以找出胜吕的真面目。

“烦死了!”

半小时后被小针拉到附近小吃店的“沙特尔-鲁鸠”的女老板,用指甲染成葡萄颜色的手指夹着“雪拉姆”香烟,皱着眉头。

“一办这种舞会,马上就拍照,你们这些记者就是这样子,她和我们真的没关系呀!她刚开始和男人来店里玩,后来因为常常来,大家混熟了,有时候临时找她帮忙,就只是这样。”

“帮什么忙?”

“愿意当被虐待狂的女孩很少吧。日薪虽然比扮虐待狂者要高出很多,但是有时客人的动作太偏激,所以大家都不太喜欢……不过她是真正的被虐待狂。”

“都做些什么呢?”

“这是用嘴说不清的呀!”

---

① “虐恋”的非正式称呼。英文为“sadomasochism”,是施虐癖(sadism)和受虐癖(masochism)两者的合成词。指一种通过痛感获得快感的活动。

女老板大约四十岁上下，长长的脸，戴着有色的眼镜。眼镜上系了锁链，每次她吐“雪拉姆”烟时，锁链就轻轻晃动。

“什么是真正的被虐待狂?”

“这个嘛!”她吐了口烟之后，慢慢地想，“总之，素子已经到了想死的地步。”

“有什么痛苦的事吗?”

“痛苦的事?”

“或者是有什么会想去死的烦恼?”

小针一直注视着女老板的嘴角，她的苦笑像波纹般扩大。

“你什么都不懂，她是被虐待狂啊！被虐待狂就是喜欢被虐待。”

“告诉我有什么样的男人会来?”

“我们对客人有保密的义务。我们的客人有名演员，还有棒球选手、企业家。”

她把这些当成自家的骄傲事，得意扬扬地说着，喝了一口桃红酒。

“作家呢？有没有名作家参加?”

女老板的表情依旧，不过拿着香烟的手微微动了一下。

“这我就不清楚了!”

“我不会给你添麻烦的。”

小针咬住不放，但是对方说："我要回去了，不能离开店里太久。"

在小针眼中，电视上的胜吕比实际还胖，看起来年轻了四五岁。不过当他的身体移动时，下颚和脖子都明显地暴露出这年龄才有的疲劳和老态。

"胜吕先生，您长久以来在小说中探讨人的罪，不过，对您而言，您文学中的罪是什么呢？"男司仪问。刚开始时小针不知道故意装出高兴模样、脸很长的这个男人到底是电视台的广播员还是批评家。

特写镜头下的胜吕眨了眨眼。

"我想罪有两种性格。"

胜吕或许是紧张的缘故，声中带痰。

"我们生活在这社会里，每天都在把各种欲望和本能压抑在内心深处，而心里堆积这些东西的地方，就是所谓的无意识领域。"

胜吕指着自己的胸部。

"事实上这些被压抑的欲望和本能并未消失，而是在无意识下活动，准备着再次喷出。当它以扭曲的形态喷射出来时，大多造成我所说的罪的行为。"

“胜吕先生,这毕竟是电视节目,还请您做个更简单易懂的说明。”

司仪歪着脖子,做出讨好人的微笑,胜吕有点失望。

“举例来说,在现实社会中,我们的自尊心会受到伤害,优越感或欲望也往往无法被满足吧。”

“是的,这是常有的事。”

“可是,我们不能把不满直接发泄到对方身上,否则融洽的人际关系就会出现裂痕。因此,我们每天都把不满或怨恨积压在内心深处,但是它并未消失。被压抑的欲望也没有消失。我认为那些积压在心底的东西,就像火炉中的灰烬一样,一直冒着烟。”

“这是非常弗洛伊德式的观点?”

“这么看也可以……冒烟的灰烬突然冒出火焰,燃烧起来。”

“的确如此,胜吕小说的主角往往都是在现实生活中,被压抑得几乎透不过气来的人物。他们在这种令人窒息的状态中,挣扎到最后结果犯了罪。”

“是的,我书中的主角都是挣扎着,最终走向犯罪。”

胜吕眨眨眼,发出嘶哑的声音,从这些小动作中暴露出了他神经质的性格。小针在特写镜头里第一次发现胜吕的脸是歪曲的，他左右眼睛的大小不一。右眼跟左眼相比，比较大。在小针看来就像毕加索的某幅画——两只眼睛思考着不同事件。

（多重人格……）

小针的脑海里浮现出这几个字。他还记得读过的某本小开本的解说手册一节中谈到：左右眼大小不同的人，大多是表里不一的人。

“这么说来，在胜吕先生的文学里，罪与其说是从人的意识中产生的，不如说是从无意识中产生的了。”长脸的男子又提出问题。胜吕稍微迟疑之后，提出订正。

“不，正确地说，无论怎么样的罪，都和无意识有着某种关系。”

“那么我们是否可以把无意识当作是罪的母胎、温床？这是胜吕先生的罪的概念吗？”

“我……”胜吕眨眨眼，“不是神学家。所以，这个问题还是向专家请教为好。我只是在写小说时，产生了这个看法。”

“哦？”

长脸的司仪，这时才真正显现出好奇的样子。

“其实，前几天我也以同样的问题请教过佛学家竹本先生，大乘佛教唯识论的看法和胜吕先生所说的一样。”

胜吕默默地点点头。

“我们准备了竹本先生谈话的录影，请胜吕先生也一起看看。竹本先生因为要参加在巴黎召开的国际佛教哲学会议，很可惜无法参加这次的对谈。”

画面上带红色的斜线闪烁。一会儿，一个和尚头、精力充沛的男人端坐在屏幕中，两手整齐放在膝上。

“长久以来您一直主张佛教中，掌握人心的是无意识。”司仪从旁诱导对方似的说。

“是的。”

“那么大乘佛教中把无意识叫作什么呢？”

“好的。”男人说出似乎事先已经套好的台词，“我们叫‘末那识’和‘阿赖耶识’。所谓‘末那识’是以自我为中心的意识，凡事都以自己为中心思考，以对自己是否有利为标准……另一方面在‘阿赖耶识’中有无数制造痛苦的、执着和烦恼的种子旋转着。”

“这里的‘种子’，就像‘业’一样。执着和烦恼在佛教中就是罪业吧？”

“是的，也可以这么说。”

“形成那原因的种子，是在我们的无意识中旋转吗？”

“没错，就是那样。这种子被称为有漏种子……”

画面上又出现斜线,镜头回到摄影棚的胜吕身上。

"胜吕先生,看来佛教的看法和您的看法极为相似……"

胜吕有点为难似的同意。

"您是基督教信徒……您也研究过大乘佛教吗?"

"不,我没研究过佛教。刚刚我也说过了我是通过写小说……才产生这种看法的。"

从胜吕额头上出现的忧郁阴影,小针能感觉到他已经疲倦了。小针伸出手把觉得无聊的、不好听的声音关掉后,注视着只有嘴巴动着的胜吕的脸。

左右眼大小不一。虽然不知这是否就表示那人表里不一,但胜吕脸上有着混浊的阴影。无法明确说出那混浊之物是什么,可是那阴影,小针认为那是谁也没察觉到的这位作家的阴影。

"你……骗人的家伙……"

小针对着嘴巴动着的老作家说。然后伸出手把声音的按钮压下去,声音又出来了。

"哦!胜吕先生的意思是说,无意识是罪的母胎,同时也是救赎的母胎?"

谈话的内容在声音关掉时有了很大的推进。

"是的,我认为是这样的。事实上,比起救赎,人的罪更显现出当事者再生的欲望。”

“再生?”

主持人眼中又出现不同于伪装的真正的好奇心。胜吕点点头说:

“我作品中的人物的确是在令人窒息的状况中挣扎,最后犯了罪,可是罪对他们而言结果是……”

胜吕搜索着接下去要说的话,瞄了一下主持人的反应。

“他们的罪,最终……是他们在寻求与以前不同生活方式的欲望的表现。”

“这能称得上是救赎吗?”

主持人有点迷惑地问。

“可能还谈不上是救赎,但是罪里已包含了救赎的可能性。”

“罪里已包含救赎的可能性? ……我想这是很独特的看法。这是基督教的观点吗?”

“这个嘛……”

胜吕现出和刚才一样的急躁眼色。他轻轻地摇摇头:

“恐怕不是。我是写小说时自己逐渐有了这种感觉……”

“这种看法和佛教有点类似,譬如有句话叫‘善恶不二’,即善恶并非完全不同的看法……”

“是吗？不过，我认为在罪里包含救赎的可能性，这种看法并不是从佛教来的……”

“我明白了。现在再让我们听一下竹本先生的看法……”

画面上又出现斜线，竹本先生严肃的表情浮了上来。

“在阿赖耶识中，形成罪之母胎的执着与烦恼的种子旋转着，听说大乘佛教认为这种救赎的种子也在阿赖耶识中活动……”

“是的。”

竹本瞄了一下放在桌上的台词。从这里可看出这位佛教学者几分谨慎且正经的性格。

“这叫作无漏种子。它好像白细胞吃体内的细菌那样，逐渐地把含有烦恼执着可能性的有漏种子包起来，加以净化。”

“哦！那么依照佛教的看法，无意识是罪的母胎，同时也是救赎的母胎吗？”

“大体上可以这么说。”

从玄关传来粗暴的开门声，接着是拎着购物袋的女人的声音。

“我回来了，外面好冷啊！”

她走过躺在已脏了的沙发上看电视的小针身旁时说：

“可能又会下雪吧？”

“我想大乘佛教的看法和胜吕先生的文学是一样的。”

“说什么呢?”

“胜吕先生真的没受到佛教的影响?”

“是的,我是这么认为的。但是我的血液中,或许已受到从祖先那儿来的影响……因为我是日本的作家,而不是欧洲或美国的作家。”

“怎么看这么严肃的节目?”

女人把装着塑胶袋的购物篮子放在沙发上,讶异地问。

“啰唆!这是我的工作。”

小针没把女人的话听进去。他的注意力完全集中在画面上作家脸部的特写上。胜吕的左右眼睛明显大小不一,脸上还有着某种混浊的阴影。从脸上的某部分看来他像是五十几岁的人,可是当脖子转动时出现的皱纹却无情地暴露出老态,小针知道这作家在不习惯的电视对谈上已经疲倦了。小针认为:不管嘴上如何掩饰,摄影机拍摄出来的混浊的阴影,已透露出这位作家不让社会知道的另外一面。

电话铃响。散步完了,胜吕回到写作坊才一打开门,就已听到吵人的电话声。这阵子,深夜常有无言的电话打来,而且不止一两次。对方似乎是从听筒察看这边的动静。不理它,响了一阵子之后也会放弃似的停止。

胜吕看了一下信箱,可能今天邮差送得晚,里面还是空的。进入小书斋,打开呈煤油灯型的台灯,他喜欢的柔软光线照射在笔筒和闹钟上,闹钟秒针的嘀嗒声加深了房间的寂静。他托着腮,在虚空中眼前又浮现出成濑夫人吃什锦锅巴的表情。那表情,一天不知出现几次,每次都加强胜吕对她的好奇心。她到底是怎样的女人? 无论外表如何,这位女性心里有着会刺激小说家胜吕的另一副姿态。在那家中国饭店,胜吕最后开玩笑似的要她写信给他,夫人应该不会答应这样的要求吧。

电话铃响。他不理它,响了一分钟还不停,不得已把听筒拿到耳朵旁边。

“请问是胜吕先生吗?”

对面响起咄咄逼人的声音。

“我是采访记者小针……”

“小针?”胜吕沉默了一下,“是去找过加纳君的人?”

“是的。我想和你见一面……”

“什么事? 是不是你那次说的,我去了不良场所的事?”

“在电话里不方便说。我想直接当着你的面,才不会产生误解,这样应该对彼此都好。”

“误解，你这是什么意思？”

“我要是凭着自己的判断自作主张地写了报道，你也会感到麻烦吧。”

对方语气中充满着威胁的味道，胜吕虽然不高兴，也只能说：“好吧！不过我不想在写作坊和你见面。”

“那么劳驾你到六本木来，可以的话现在就来。”

胜吕的心中响起“赶快解决的好”的声音。他抑住激动，问清了见面的地方。出门时，拿出落在信箱里的两三封信，塞进口袋里。

出租车缓慢地穿过夜晚的闹区，他在约好的餐厅附近下车。推开门，一眼就看到在签名会上偷瞄他的男人，对方面前只放着一杯水。

“我在签名会上见过你。”胜吕说。对方并不领会这样的打招呼，用下颚示意要胜吕看眼前的照片。

“你对这个女的有印象吧？”

胜吕看了那张照片，不高兴地说：“不认识！”

“请你再仔细看看！连一点印象都没有吗？”

“没有，一点儿也没有。”

“真的吗？”

小针像审问嫌犯的刑警似的，眼光锐利。

“真的!”

“可是……这个女人啊,跟我说过曾经和你一起玩过。那时,她还素描了你的肖像画。她是个准画家,在新宿的樱花街兼差替人画像的。”

“你在开玩笑,我根本不记得有这回事。”

“可是啊,这位小姐和你认识的太太是好朋友。”

“我认识的太太?那是谁?”

“你在竹下街的咖啡厅和哪个太太见过面?”

胜吕这时才弄清楚是怎么一回事,在那家咖啡厅第一次和成濑夫人见面时,从外面偷瞧的男子就是这家伙。

“那又怎么样?”胜吕有点狼狈,“有什么不对的吗?”

“那位妇人要是和照片中的这个少女很熟的话……你说不认识这个少女谁会相信呢?”

“岂有此理!”胜吕的脸涨得通红,“你故意找碴的话,我就回去了。要做什么请便,不过那时我也有对付的办法。”

“对不起。”深谙交涉之道的小针老实地道了歉,“不过,其实对你不太好的谣言已经传出来了。在颁奖典礼后的宴会上,不是也有来路不明的女人来捣乱吗?”

“我记得,可是这谣言和我无关。”

“既然如此,要是你能用什么方式证明一下,那不是更好吗?”

小针喝了口杯中的水。服务生过来问要点什么。

“威士忌加水,”他有点不耐烦地回答,“我这里也收集到在各处亲眼看到你的情报。”

“那是假冒了我的人,我才正觉得麻烦呢。”

“你有把握说这样的话?如果这样,跟我一起到附近去见一个女性怎么样?不会太浪费你的时间。去了就知道,用不着十分钟,你有把握吗?”

“哦!有把握,走吧。”胜吕反唇相讥,但话一说出口马上就担心是否中了这个男人的圈套。走出餐厅,风从横巷吹来,这次小针谄媚似的说:

“我有几个朋友还是你的书迷呢……”

胜吕绷着脸没有回答。

从外面看,“沙特尔-鲁鸠”是一栋三层楼房,别无异样。为避免客人被他人看见,像汽车旅馆一样,可以把车一直开到里面。

“我不想增添你的麻烦,请你在这里等一下。”

小针把小说家丢在路上,消失在门里。胜吕用巴宝莉的衣襟挡住下颚,看到对面有人走过来时,就做出苦行僧似的表情转向旁边。

小针和一位中年女性出来了。女人戴着墨镜,看来就像是常在六本木闲逛的室内设计师或服饰店的老板。她是这家店的老板。

“请进！很冷吧?”

女老板很客气地对胜吕打招呼。

“这个人,一直问个不停,什么你认识素子小姐吗？你来店里玩吗等等的。”

女老板笑着说明。

“这样啊。”

胜吕想尽量把这个女人拉到自己这边来。

“您一定要正式地否认。这个人啊,看起来是个采访记者,实际似乎以揭人隐私为工作……一直想拿我当攻击对象。不过,他要是胡乱捏造,我也准备提出起诉。那时或许要麻烦您为我作证。”

“那就麻烦了,店里有一些地位高的客人,这样的话,我们店的信誉会一落千丈呀!”

“既然这样,那就来弄个清楚。”小针得理不饶人似的说。

“那么……我给你们看录像吧。不过你得保证不用它做文章。”

“录像?”

“是的,那天宴会的录像。要是胜吕先生不在录像里面,之后请不要再写店里的事。”

小针以眼色表示同意,胜吕也无异议。女老板走在前面,进入尚未开放的空荡的建筑物里面,鞣皮子的臭味弥漫整间房子。杂乱的办公室旁的小客厅,摆着褪了色的沙发和电视,电视上放着博多木偶。

“这是素子小姐的画哦!”

女老板以眼睛示意墙上的画。在涂满黄褐色的画布里,画着卷贝似的漩涡。漩涡的线条是朱红色。

“我不懂抽象画。”

小针只稍微瞄了一下画。

女老板蹲下去把录像带放入录像机中开始操作。一会儿电视画面上有无数发光的白色斜线闪烁,突然,出现了戴着黑眼罩、全裸的男女在相当广阔的洋式客厅里跳舞的场面。与其说他们是在跳舞,不如说是像被风吹拂微微摇动的树般晃动着身体。从乳房和腹部的形状可以得知也有上了年纪的女性掺杂其中,有几个男人也胖得相当难看。

“这是在这里举办的吗?”

“不是的。是借别的场地举办的,为了庆祝三周年的纪念。”

“是代代木的饭店吧？”

小针突然说出那家旅馆的名字。女老板装糊涂。

“这是大家都在试探的状态哟！”

她发出好似在怀念那晚的声音。

“试探？”

“因为是第一次所以要彼此试探。”

画面又换了。在四肢张开的中年女性的肉体上，戴着眼罩的三个男人从三个方向压过来。摄影机一直对着像拼命喝水的狗般忙碌地晃动的男人。胜吕的脑中掠过从前记得的“梅多克”“圣艾米里昂”“两海之间”等葡萄酒的名字。现在跟以前不同了，看别人的性行为只让他感到寂寞和无聊，或许这是因为已经六十五岁了吧。

“没意思！”

小针可能是对一直持续的同样动作感到厌烦，掏出香烟但是没抽，拿在手中玩弄着。

“一点特别的都没有！大家的动作都一样，也不觉得腻……”

“但是，只有素子能够陶醉在其中！”女老板喃喃自言，“之后……”

“之后？”

“等一下,无聊的场面还要再继续一会儿。”

果然如她所说的,无聊的性行为的画面还继续了一会儿。尽管体位和动作不同,到底不过是空虚和寂寞的动作罢了。

突然,画面消失了。乳白色的影像晃动了几下之后,突然出现嘴巴张得大大的女人的脸。她的眼睛虽然张开,脸看来却像看不见一样,头发上沾染的点点灰色物如棉絮般黏在上面。小针总算看清楚那是卸下眼镜的那个女人。

摄像机往下移。有人的手放在素子的脖子上,逐渐掐紧。无名指上虽戴着戒指,但那是男人的手指。

“黏在发上的白色东西是什么?”

小针以嘶哑的声音问着,嘶哑的声音显示出他的兴奋。

“四个男人在玩素子,第一个客人把蜡油滴在她身上……你们看,肩上沾有蜡油,头发上也有一些。她说‘掐紧我的脖子’,所以别的客人就掐了她的脖子……”

素子眼睛半眯着眼珠向上翻,嘴巴微张。舌头像口渴难当的人一般向左右蠕动。随着男人的手慢慢掐紧脖子,看得出她正享受着恍惚的快感——一种坠入死亡圆筒中的感觉。男人的头部分靠在她的身上。女老板得意地说:

“我们拍得很小心,避免照到客人的脸。因为这时候有人已经把眼罩取下来了。”

“她的嘴巴像金鱼般一张一合的，大概相当痛苦吧？”

满脸轻蔑的小针耸耸肩。画面中逐渐展开的世界对他来说尽是脱离常轨的景象。

“那个少女可是喊叫了的！”

女老板好像自己受到污辱般发出严厉的声音。

“喊叫了什么呢？”

“叫着杀死我吧！”

“是吗，这和‘要死了’‘要死了’是一样的吧。”

“那又不同了。真正的被虐待狂打从心底希望被杀，是真的想死哦，她经常挂在嘴上。尽管平时都会恐惧死亡，但是只有在那时候，希望能被活活打死，被虐待时希望就那么消失。她打从心底这么想，还说要是在这种情状下死去的话，不知该会多么美妙。”

“她是脑子有问题吧。”

“无论正常或发疯，人不是都一样吗？是吧，胜吕先生？”

女老板突然向胜吕寻求意见似的问。她可能认为小说家能够理解自己和画面中的人的心。录像带已播放完毕，胜吕注视着发出虚无的空转声的电视，没有马上回答。

作家的脸绷得紧紧的和小针走出“沙特尔-鲁鸠”，从那里一下子转到喧闹的六本木时，他的表情仍然不变。看了录像带之后，霓虹灯、汽车的队伍、冬天商店的照明、人潮等等，一切都显得浅薄而无意义。

“我们找个地方休息一下吧？”

小针有点失望地问胜吕。从画面中的男女里，找不到这位小说家也看不到那位中年妇女，他为此感到遗憾。

“已经够了！”胜吕不悦地拒绝他，“以后请不要像狗一样到处跟踪我了。”

他举起手，拦下出租车，头也不回地钻入车内，闭上眼睛。闭上眼睛后，那张脸清楚地浮在眼前：她半眯着眼睛，嘴巴微微张开，像芋虫似的舌头向左右蠕动，头发上沾满了蜡烛油。那张脸……是的，很像另一张脸，那是从前登上布尔日大教堂的钟楼时，看到的阳台的四个角落上装饰着的狂人脸孔。而刚才挂在小客厅里的素子的画，那像卷贝似的漩涡的画，突然又浮现眼前。一直注视着那漩涡，逐渐自己似乎也被那红色的中心点吸收进去。素子所要描绘的就是那感觉，而那感觉或许就是她被男人鞭打、掐紧脖子时所体会到的东西。“挨打，希望被活活打死，被虐待时希望就那么消失！”这是女老板的说明。阴暗的感觉与强烈的欲望存在于素子心中，存在于人心深处——为什么呢？那……是……从何处产生的呢？

“要经过原宿车站前面吗？”

司机的声音打断了胜吕的思绪。

“是的。”

全身感到疲倦，他打开闭着的眼睛，望着没有叶子的外苑树木一株株黑黢黢地并列着，把手伸入口袋准备付出租车费，手指碰到硬邦邦的东西。那是他出门前拾起的掉在地板上的三封信，因心里烦着小针的事，当时没看就直接塞入了口袋里。一封是出版社寄来的；另一封是陌生男子寄来的；而第三封很厚，没写寄信人的姓名和地址。

“请开一下灯好吗？”他对司机说。

拆开信封，他知道陌生男子的那一封是上次在签名会结束后要求握手的青年寄来的。信封上盖着他工作的某市的邮戳。

“上星期日，如此前跟您说的，我领洗了。领洗礼结束后，第一次嘴里咀嚼那圣体——祝福的面饼时，我心里直觉得有某些东西引导着我到这里。而在这某些事物当中影响我最深的是您的文学。由于阅读您的文学，我一步一步地接近这世界……想来这是神借着您的文学对我说话。今后我也祈祷神赐福于您的文学。”

胜吕胸中感到一阵痛苦，向盲目相信自己的这位青年——不只是这位青年，还有背后的许多读者撒谎，使他感到内疚。他在内心呐喊着：“不要高估了我！我对自己的事已经应付不了了，对你以及别人的人生负不起责任的。”在目黑区窗上挂着旧窗帘的小饮食店中，加纳读胜吕的习作批评“装模作样”，这句话是真的。那种不安虽然经过了三十年以上的岁月仍然盘踞在他心中。

“不要高估了我！”

他不由忘我地叫出声来。

“咦，”司机吓了一跳回过头来问，“怎么了？”

“不，没什么。”

他红着脸，低着头把手里的信轻轻地撕掉，撕成两半，再撕成两半。那手心微湿的青年的脸，感觉就像这封信一般变成碎片消失了。

打开第三封信，在浮水印的白纸上娟秀的字填得满满的。这个女人似乎也和青年一样不是把胜吕当小说家，而是凭着错觉将他视为是宗教家……

“我犹豫了好久，最后还是决定写这封信给您。

“您请我吃饭的那天晚上，您说想知道我的另一张面孔。

“我不想给您添麻烦，所以信封上没写名字，不过我想您应该知道是谁寄的。”

那样的文字接连映入胜吕眼中。这是成濑夫人寄来的信。

四

当我在医院里和小孩子玩游戏时,意外发现您在门口往里面瞧,我就像睡眼惺忪时被人看到一样感到难为情。然而,当您请我吃饭时,我又觉得恍如置身梦中,或许您会认为我是厚脸皮的女人吧。

犹豫了好久,最后我还是决定写这封信。因为我想掩饰、欺骗自己,不但没有意义,而且对小说家的您来说是真的很失礼。请我吃饭的那一夜,您说想知道我的另一张面孔。到目前为止,我从未向别人说过,因此我实在没有勇气说出来。不过,我又想您的话一定能理解,决不会误解。不,更重要的是您对不同的人格表现出异常的兴趣,因此我想或许您也和我一样隐藏着什么。

这就是我寄给您这封秘密信的理由。我不想给您添麻烦,所以信封上没写上名字,不过我想您应该知道是谁寄的。

我相信您，才把我和亡夫之间的秘密在这封信中说出来，我希望您看完之后马上把它处理掉，避免被第三者看见。

我先生和我是远亲，年纪和您一样，在P大学教书，名字是成濑俊夫，说不定您也听说过。我虽然不是很清楚，不过他在近代经济学方面做了一些工作。

或许您也一样，成濑在大学二年级时，因“学徒出阵”加入陆军，到战争结束为止一直在中国。

他读大学时，住在信浓町附近车站旁的某基督教学生宿舍，当时我是小学生，母亲曾带我去过两三次。虽说是远亲，不过母亲对小时候的他非常熟悉，因此对从冈山来求学的他，照顾得真是无微不至。

学生宿舍的舍监是东大哲学系讲师的Y老师，我先生很尊敬这位老师，就加入他们的圈子，受到Y老师的影响，有一阵子还考虑受洗呢。后来他跟我说，他能够住进这栋只有信徒才能进来的学生宿舍，是因为有Y老师的许可。

“阿俊！”我母亲到这栋学生宿舍看他时，拜托他说，“你能不能抽空教教万里子的功课？”

“可以呀，要是您认为我还行的话。”

穿着和服的他望着我，露出白牙笑着。您可能还记得吧，那时候的学生似乎很多人穿和服。

虽然还是小学生,不过当我看到他健康的笑容和白色的牙齿,对他有了好印象。现在回想起来,那就是我和丈夫结合的开端。

我很喜欢读书,因此期待每星期三他的到来。而他在教我读书和做完习题之后可以在我家“补给营养”,乐在其中。

虽然他学的是经济,对文学却很了解,饭前会告诉我许多东西,譬如《格列佛游记》和托尔斯泰的民间童话中“伊万”的故事,在我先生已不在的今天回忆起来,更令人心酸难过。

“你知道人心深处是什么样子吗?”

某天,俊夫突然问我。对少女的我而言,是个很难回答的难题。

“人心内部有好几个房间。最里面的一间就像万里子家中的储藏室一样,收藏着各种东西。可是到了深夜,那些收藏着的被遗忘的东西就开始活动了。”

我想起家中储藏室里的木箱和满是灰尘的录音机,以及嫁出去的姐姐的洋娃娃等东西。还有以前父亲从德国买给我的金发女子的洋娃娃。那大大的眼睛,在我看来不但不可爱,还有点可怕,怎么也不会喜欢它,就放到储藏室里。我想象着那洋娃娃是否会在深夜,当我们睡着的时候开始活动。

“深夜心中的洋娃娃真的会动呀?”

“心中的洋娃娃吗？是呀，心中的洋娃娃会动、会跳舞。晚上做梦时还会出现。”

这真是不可思议，令人感到晕眩的话。我在心里描绘着：眼睛大得有点可怕的少女洋娃娃，它活在我的心里，在白天一动也不动，到了晚上就跳舞的情景。

结婚后，他感到好笑地跟我说，那时候他正在研究宗教，所以就拼命地跟我说些有关内心的问题，对我来说太难了。不过，我还听得很入神呢……

谈这些毫无意义的回忆，可能会浪费您的时间，不过这是有理由的。当然，我们有数不清的、值得回味的往事，可是，现在回想起来那时的对话可能是现在的我的一切起点。人生没有哪一件事是真正毫无意义、完全浪费的。而为什么那时的对话会是我一切的起点呢？您很快就会明白的。

他来当家庭教师的第一年政府就决定“学徒出阵”。从那时开始战争逐渐失利，在小孩的我心中也隐隐感觉到，因此每天的情绪都很低落。我问母亲从连他那样的大学生都要参加打仗来看，日本不是已经战败了吗？母亲叹口气说：“连学生都要参加打仗啊！”就没再说下去。

您还记得雨天在神宫外苑举行的欢送会吗？现在偶尔电视上还会放映。队伍在雨中行进。从录像里能找到掮着枪戴着角帽走在水洼中的成濑。

他入营到千叶的部队。三个月后母亲和姐姐带着我,还有上京来的他的父亲到军营会面。出现在眼前的成濑穿着不合身的军服,手因冻疮和皲裂肿得高高的。他用肿起的手抱着母亲亲手做的寿司的盒子。然而当姐姐递给他所要的诗集时,他的脸上显现出像雨过天晴的阳光般的喜悦,成濑对铅字太饥渴了。

像这种会面进行了三次之后,他的部队被调到中国。老实说,盖有中国检阅章的明信片第一次寄来时,我们高兴地跳起来,因为成濑没有被送到南太平洋的危险岛屿去。大家都知道,那时日本已处于劣势。美军开始在太平洋诸岛上展开猛烈的反击。父亲对我们说,要是在中国,战斗大概不会那么激烈吧,阿俊某日一定可以安全复员回来的。

如我们所愿,成濑一直留在中国。后来听说他从见习军官升为少尉,除了几次小规模的游击队扫荡仗之外,很幸运地没被卷入大战役里。从他几个月,看来像是无意中想起才寄来的明信片可知他过着很悠哉的生活。那时候东京受到连日的空袭,加上粮食不足,我们对他在军中反而安全的生活感到很羡慕。

“昨天抓到一只鸡,就和战友们在河滩上煮起鸡肉锅了。”

信里有了这些轻松愉快的事，家人们说还真不知到底哪边才是真正的战场。他冈山的老家安然无恙，不过我家却被烧掉了，于是住到鹤川村亲戚家的独间里。

或许您会怀疑这些跟您的问题又有什么关系呢？可是要是不把从前的事略做说明，我担心您无法了解以下我所要说的事，因此还请您再忍耐一下。

战争结束后经过半年，成濑总算复员回来了。虽然在故乡已经休养了一阵子，但是上京来的他颧骨突出，还穿着新兵时穿的松垮垮的军服。我们真不敢相信这就是少尉军官，心里暗暗猜测着两年的军队生活他会有些什么改变，为此感到惴惴不安。他身上背着身体大小的背包，听他说是费了很大的工夫才找到我们暂住的地方。

"寄到中国给我的书，我不知读了多少遍。可是复员时有的掉了，有的被没收了。"他满怀歉意地向我们道歉。

现在我的眼前，又鲜活地浮现出第一次会面递给他书时，他脸上闪烁着的喜悦的光辉。

复学后，他像已饿坏似的猛啃书，或许是个性的关系，他很受学长及老师们的疼爱，从研究所毕业后就留在研究室，后来获富尔布莱特奖学金到美国留学。那时我是大学生。

我们是在成濑归国好不容易当上商学院年轻讲师之后结

婚的，他的薪水连最起码的生活都无法维持，因此我拜托在 H 出版社工作的朋友给我一些翻译西默农等人的法国推理小说的工作。因为只有法语我是全心全力去学了的。

我们在明治大学前幸存于烽火的房子里租了两个房间。当时一出车站就是被烧成废墟的原野，人们已开始盖新房，而我们的家是仅存的几家旧日式房子之一。车站前已有小市场，但是冬天稍晚单身女子不方便，因此送翻译稿到出版社回来时，我会要他到车站来接我。在市场两人边讨论边买晚餐的菜，手牵着手回家。我还记得途中有棵大榉树，秋天树枝上停了几十只白头翁。

终于要谈到正题了。写这样的事我可能会被批评行为不检点吧。可是上次和您谈了之后，我认为是无法避免的。对我来说性不是可耻的，不过，我还是再一次拜托您看完之后务必烧毁。

少女时代的我成熟得比较晚，希望能够透过小说和其他书籍了解的比常人多一点，可是那感觉就像欣赏未曾去过的异国街景照片一样，一直到和成濑结婚为止，我并不了解自己的身体。

成濑人很忠厚，如我之前提到过的，还有少爷脾气。换句话说，他有温柔的一面也有任性的一面；有神经质的一面也有

纯真的一面。他在性生活方面有非常任性的地方,而且欲望很强。结婚那天母亲对我说:

“一切要听他的话!”

我听从母亲的话一切服从他,演了一场好像很快乐的床戏。其实,我在心里偷偷怀疑这种事怎么会是生活之愉悦呢?

我并不讨厌成濑对我的需求,但是,有时候被他出乎意料的执拗吓到。他不只是晚上要,不用上学的星期日,会在厨房从背后紧紧抱住我。冬天围在暖桌前时,会突然抓住我的头发,把我推倒就压上来。刚开始我以为那是强烈的爱情表现。可是,等我仰卧往上看他的脸时,那竟然是我完全不认识的另一张脸。

那是我完全不认识的脸!跟平常带有几分温柔,颧骨一带透露出神经质的阴影,笑起来有点像小孩子的脸完全不同。那是眼里布满血丝,带有残酷表情的脸。“谁?你是谁!”我感到不安,不,不是不安,是恐惧让我叫了出来。成濑的欲望虽然很强烈,但是时间很短,萎缩下来之后便又露出小孩般的微笑。

说幸福嘛,也过了一段幸福的日子。父母亲感到遗憾的是没有孙子,我曾到医院检查过,原因却不明。这是令人寂寞的事,当时并不觉得那么惋惜、不幸。成濑并不讨厌小孩,可是他怕我有了孩子以后,生活会产生剧烈的变化,会变成每天只为小孩忙碌的妈妈,他的口头禅是小孩会影响他学习,有时还会发火主张不要有小孩。

那时候也有几件值得怀念的事,成濑的论文受到学界元老教授们的赏识获得T奖,以及两人相偕到东北旅行等。

T奖分为学术奖和文学奖,颁奖典礼和庆祝会同时在东京的车站饭店举行。那天胸前戴着大红色人造花的成濑或许是因为兴奋和喝了酒的关系,有点亢奋。

"西装不要弄脏了哟!"我故意捉弄他,"希望这套西装下一次领奖时还可以穿。"

在那次宴会的人群中,我幸运地遇到了一个人。其实,那个人就是您。或许您是以得奖者加纳先生的朋友身份出席的吧。那时是我第一次看到您,我做梦也没想到现在会写这样的信给您。

宴会中,杂志社负责接待的人来到我旁边说:"您认识叫川崎的男子吗?他说要来会场,这么说虽然不太好,不过他好像不太适合来这种地方。"

我从来没听成濑说过川崎的名字,所以就到服务台上看看。果然像杂志社的人说的,有个相貌和打扮都不好的中年男子满脸不高兴地站在服务台旁边。

“你是成濑太太吧?”

那人满嘴酒臭,很亲密地问我。

“你去转告你先生一声,说当兵时的川崎来了。我是看到报纸才知道的,心想再没有比这更值得庆贺的事了就赶来了……”

“那么,您是我先生的战友了?”

“不,与其说是战友……不如说是从前的伙伴。”

男人这么说着,别有含意地笑了。

于是我回到会场找我先生。走到被报社记者包围的他的身边,用手肘轻轻碰了他一下。

听到川崎这名字时,成濑本来很高兴的脸突然僵住了。或许别人没注意到,可是身为妻子的我当然发现了。他装作若无其事地把话题告一段落后,留下“请替我招呼老师们!”之后,就匆匆走出会场。

我觉得很纳闷,留在会场向来宾道谢、打招呼,不时回过头来看看背后。过了不久,我先生又以若无其事的表情回到会场,或许大家都以为他刚刚只是去上厕所。

“川崎先生是谁?”

那晚,又喝到很晚才回家,用衣架挂好他唯一的应酬装时我问他,他的脸又有点僵硬。从他僵硬的脸上我怀疑成濑或许和川崎之间有着连我也不知道的秘密，我感到嫉妒。

因为深爱着成濑，所以从那次之后，我就特别留意他的举动，每次把川崎打来的电话递给他之后，便自然而然地注意他的回答和表情。

有一天，我在打扫时发现奇妙的事。并列在书架上的所有《拉鲁斯词典》都只剩下空盒子，里面重要的书都不见了。我先生是为什么拿出去的呢？而且还故意不让我知道……想起大约半个月之前，成濑每天有事出去时除了皮包之外，还会带着用包袱巾包成四角形的东西。

“啊，那个啊！”

对我的询问，我先生装作若无其事地回答。

“拿到研究室去了呀！”

大学的研究室不可能没有《韦氏词典》或《拉鲁斯词典》。纵使没有，就近的校内图书馆也应该有。这是婚后我第一次知道先生在撒谎，我感到受伤，很伤心。

我直觉他是把辞典卖掉筹款给川崎。我甚至于想象成在社会版经常看到的事件——我先生可能有什么把柄被川崎抓住，受到了要挟。眼前浮起嗜书如命、对其他的事一无所知像小孩的丈夫被川崎摆布的样子，我告诉自己非保护他不可。可是，像丈夫那样的人在军队里到底会有什么把柄被抓住呢？

一个星期六的下午，当我一个人在家时，川崎打来电话。

"很不巧我先生出去了。"

我这么回答的瞬间，想用话套他的念头闪过脑海。

"我先生钱给你了吗？"

那时喝醉酒、眼睛红红的川崎的脸又浮现在眼前，对方沉默了一下："钱？什么钱？"

我听得出他是故意装糊涂，于是就放大胆子，把话说得很肯定。

"我先生没有交给你钱吗？"

我在脑子里已准备好了应变对策，要是他回答不知道，我马上回答："我先生说过向您借过钱，所以……"不过，对方被我的话吓住了，说出了实话。

"啊，已经拿到了。"他静默一下之后说，"太太，您都知道啊？"

"是啊！"

"虽说是夫妇，但我没想到他会跟您说。好吧，既然这样反而好说话，您先生回来以后，请转告他慰灵会的钱可能还需要一些。"

"是慰灵会的啊。"

从成濑那儿我从没听说过这样的事，同时心里对川崎刚刚说的“虽说是夫妇但我没想到他会跟你说”耿耿于怀。

“那么,需要我帮忙告诉我先生一共要多少钱吗?”

“这样吧,请你跟他说计算之后再通知他。不过,太太也知道这件事的话反而好办。总之这是战争的缘故也是没办法的。虽然如此,回到日本之后年纪大了,想来心情仍然沉重。再怎么说也是死了几十个女人和孩子。本来打算在那村子建慰灵塔,但是现在我们日本人还不能去中国……”

电话切断了。开始动手的翻译本想继续翻下去,可是刚刚听到的每一个字都像谜题一般纷纷浮现在脑海里,无论如何都翻不下去。

成濑回来后也没说什么。我看到他的脸,不知为什么,就想起从前和母亲一起到学生宿舍看他时,他穿着藏青底碎白花纹衫,笑时露出了白色的牙齿……

那晚,我们上了床。我的脸埋在他的手臂上突然问他:

“慰灵会真花钱啊。”

对我的声音我连自己都感到惊讶,听来是那么可爱、天真,然后突然用力掐他的手臂。

“怎么都不跟我说呢? 川崎先生已经告诉我了哦!”

成濑没回答。我也很狡猾,更温柔地说:

“你是不是怕我担心啊？太见外了，坦白跟我说不是很好吗？是战争的错嘛！”

“川崎跟你说了些什么？”

成濑抽出手臂，仰望着天花板。

“全部呀！包括女人、小孩的事。”

我把像谜般零零碎碎的每一句话，在自认为是适当的瞬间填下去。

说实在话，那时我根本不知道这些话集合起来，会是什么样子。我有模糊的预感，预感似乎在警告我不要去知道我所害怕的事。

“你对我不会有看法吗？”

在枕边的台灯光下成濑笑了。就是那张脸，新婚当时，被他抓住头发按倒时我所看到的另一张脸。

“怎么会？我不是说了吗？是战争的错，那也是无可奈何的。”

避免被他看出我很认真，我在脸上装出像母亲或姐姐般的微笑。

“那你现在的心情跟川崎一样沉重？”

“不，这个嘛，不知为什么那一次还有再下一次我的心情并不那么沉重，反而欣赏起房子燃烧时的火焰美。”

他注视着天花板缓缓回答。

“那一次还有再下一次……这么说是有两次了?”

“是啊。”

“房子烧了……那时女人和小孩都在屋子里?”

“是啊。把所有的人都关在屋子里。”

“把他们活活烧死……这是命令吗?”

“第一次是命令。听说有间谍潜伏着,有两个战友被杀了,所以士兵们都很激动。不过第二次是我们小队擅作主张。”

他把两手当枕头,闭上眼睛。耳朵深处似乎听到女人和小孩关在农家屋里焚烧时的噼啪声。那声音我很熟悉,像空袭时每晚列车驶过的声音。而我现在在深夜的卧室里,和他一起听着那声音。

我没轻视他,也不觉得他可怕。突然,我出现一种类似麻痹的感觉。第一次了解在有时看来像弟弟的丈夫身上,存在着不同男人的影子,而这两种矛盾的东西构成了丈夫,这对我是冲击同时我甚至体会到了快感。

我突然压到他身上,第一次主动吻他的嘴唇,把脸埋在他的胸前,强烈渴求他。成濑也早有准备似的粗暴进入我的体内。

“说，”我叫着，“你说，是怎么烧的呢？”

“把四周围起来，让里面的人逃不出来……浇上油，然后点火。”

“听得到声音吗？你说，是怎么样的声音。”

“听得到，也有小孩子从门内跑出来，都被开枪射杀了！”

二人在床上翻滚喘息。

“你说，女人被射中时，是怎么样的？”

突然，一切都停止了，他软下来，默默地站起来离开床铺，我满身是汗仍然伏卧着。成濑回到床铺，好像刚才的事没发生过一样闭上眼睛。

以后，我们夫妇没有再提起这件往事。他依然是温柔与任性，纯真与神经质并存的丈夫。我担心旧事是否会被重提他会被判为战犯呢？还好，后来什么事也没发生。恐怕是因为当证人的人全部都被烧死的缘故吧，或是因为没有人控诉。对这一点现在我都还觉得奇怪。

可是，那夜深烙在脑海里的回忆并未从夫妇之间消失。别说消失了，它已变成我对他燃烧不完的火种。两人甚至把它当成是不可碰触的禁忌似的，对我而言那是夫妻间神圣的秘密。

我老实地告诉您。

后来我和他同床共枕时，看着枕边台灯照射下的丈夫的脸，经常想象一件事。那是从未见过的村子，他派部下在村子的入口、出口处把守着。把女人和小孩都赶入墙壁是用泥土砌成、屋顶是用稻草盖成的屋子里，川崎在房子四周洒上油，然后一直看着手表，等一切准备完了之后就点火。火焰腾空，吞噬农家，燃烧的屋顶稻草随着黑烟开始在空中飞舞。而从屋里传出的哀鸣和哭泣声一起升空，变成一团火球的小孩或抱着婴儿的女人跑出来了，他和部下把那些人一个一个射杀了。

是这个人射杀的，是这个人！是现在趴在床上喝威士忌看书的这个人，那时他射杀了小孩的母亲和小孩……想到这里，突然从脚尖到头顶有一种无可言喻的快感迅速流窜，我好几次都叫出声来。然而，成濑没有察觉地说：

"怎么了，睡不着啊？这本推理小说，一看下去就欲罢不能啊。"

那笑容的确是从前我认识的他，是受到来家里玩的学生们喜欢的脸。

我被丈夫疼爱时，脑中幻想着那幅光景。因为这样会产生无可言喻的快感，也增加了我对丈夫的爱。丈夫身上具有的两种性格，增加了我对他的执着。是的，我从未产生轻视他、责怪他的情愫，又怎么会觉得他可怕呢？我要是男的，同样也去打仗的话，可能也会做出同样的事吧。也一样会对自己的配偶装作若无其事地生活着，我不知做出那样的事他内心是否痛苦，但是至少在身为妻子的我的面前他从未露出痛苦的样子。

然而他的体验给我的精神带来一种刺激，对于利用这事的我，也从没对自己感到过厌恶。

我们的婚姻生活继续了二十三年。到他五十五岁那年，有一天从大学回家途中卷入交通事故死亡为止都是幸福的。而那件事后来没有再成为我们夫妇间的话题，可是却成为我心里只要想燃烧、任何时候都可以烧得炽烈、对二人的肉体产生强烈刺激的火种。后来也没再见到川崎先生，而我先生作为学者来说，他的研究成果相当可观，逝世时全校为之痛惜、哀悼。

先生逝世后，我被无法填补的空虚侵袭。我多么后悔没能为他生孩子，自以为缺乏的母性爱从没有像那时候那样深刻。

为了填补空虚，我参加朋友告诉我的培养义工的讲习会。这种讲习会是为了培养义工而设立的，接受一年的训练之后，可以到都内的医院工作。

参加一年的讲习之后我被分发到您也知道的那家医院。被问到选哪一科时，我回答小儿科。我至今仍然记忆犹新，护士长带我到婴儿室，第一次把奶瓶放到小小玻璃箱中不足月的婴儿嘴里时，从未给小孩吸过奶的自己的乳房尖端热热的。还有紧紧抱着我、要求我说故事的患白血病的小孩们，终于从某月开始逐渐没有气力，我看着他们输着血和滴着抗癌剂却仍然昏睡时，我从心底祈求神让我代替他们去死，这绝不是谎话，是出自真心的希望。

另一方面我绝对忘不了丈夫所做过的事。下了班回到家，吃完饭，在房里面对着挂在壁上的丈夫遗像，那回忆又再次苏醒。燃烧起来的火焰很快把农家包围，火屑与黑烟在空中飞舞，从屋里传出哀叫声的同时有小孩和母亲从里面冲出来……是丈夫把小孩射杀了……不！我也和丈夫一起笑着把小孩射杀了……当这回忆和丈夫的脸重叠在一起时我就会产生一股无法压抑的冲动。我想知道这股冲动到底是从内心的哪里来的呢，到底要把我带到哪里去呢。这连我的智识和理性都压抑不了的内心深处的黝黑之物……

在一个偶然的机会下我认识了一个比我年轻的女人。她心中同样有着压抑不了的可怕东西，坦白说，她就是为您画肖像的糸井素子。

素子的方式不一样，素子以不同的方式让我尝到和丈夫教我的同样快乐。她也会在酩酊之际，大声喊叫“让我这样死吧！”，我也回答：“你去死吧！”人可以为爱或美而死，同样地也可以为丑或恶和虚无而死。这是我看到素子的样子后所产生的看法，希望您能了解。

和素子过夜的第二天，我会精神焕发地到医院，照顾小孩子，帮护士的忙。但是一到晚上……又再想起少女时代丈夫告诉我的内心储藏室的故事：储藏室中有个张大眼睛朝着我看的洋娃娃，到了晚上就开始走动、跳舞。而我心中的洋娃娃也在跳舞。或许您会问哪一个才是真正的我，我只能回答无论哪一个都是我。或许您会问不会因这两个矛盾而受苦吗？是的，想到这种矛盾，有时候我连自己都觉得可怕，很可怕。可是，也有没有这种感觉的时候，实在没办法，我就写到这里了……

从写作坊回到家时，胜吕看到餐厅里明亮的灯光下桌上还摆着花，放着从米兰买的碗盘。按照惯例这套碗盘只有在夫妇间有要庆祝的活动的晚上才使用。他就问：

“今天是怎么了？”

“哎呀！今天不是我们的结婚纪念日吗？”妻子失望地

回答。

“哦？原来是因为这个。”

那封信的内容萦绕在他心中，虽然距离看过信已经三天，然而惊异和与日俱增的好奇心仍在心中翻腾。一方面他觉得对方是个可怕的女人，但是身为小说家不想拒绝她的情绪却很强烈。他把汤匙拿到嘴边，心不在焉地问妻子今天发生的事。妻子说她去看医生，因膝盖关节痛注射了类固醇激素，回家途中顺便去参观了新型电暖气的展览。

这样的对话对他们夫妇而言，好像是一种仪式，胜吕总是用微笑或点头回应。

“真的每年都有新型的更方便的产品呢。”

“老是在嘴里说，不付诸行动就会错过购买的机会吧。”

“冬天就快过完了啊。”

胜吕对小针的来访，到“沙特尔-鲁鸠”的事，还有成濑夫人的来信等，都没对妻子说。这些事和两人的世界距离太远，是不能对妻子说起的话题。

“我写了信给蜜，问她好不好，一直都没回信。”

“现在的孩子都不喜欢写信吧。”

“要是散步的途中……碰到那个孩子的话……”

“不会碰到吧。帮我买把小铲子好吗？球根差不多该种了。”

他故意引开蜜的话题，扯到不着边际的话题上去，望着妻子已衰老的脸和交杂着白发的头发，偷瞄一下妻子吃饭时嘴角的动作，跟成濑夫人完全不同，那种吃法一点也不觉得性感。……胜吕又想起曾读过的外国小说以及成濑夫人信的内容。眼前的妻子，是否也隐藏着和夫人一样的矛盾，有着从外表无法想象的秘密世界呢，说不定妻子也是为了迎合自己才装出这种样子。胜吕觉得光是有这样的念头都对妻子是一种冒渎。然而夫人信中的一句话“或许您会问哪一个才是真正的我吧？”宛如盛了异物的汤匙般卡在舌头。“有时候连自己都觉得可怕，很可怕。”

五

深夜,胜吕被电话铃声吵醒。那铃声在楼下的走廊,执拗地响着。放在桌上的夜光表时针指着凌晨两点。

“有电话啊!”

胜吕察觉到隔壁床铺的妻子转动身子。

“不用管它。”

“没关系吗?……大概是恶作剧的电话吧。”

胜吕静静地听着电话铃声。妻子在黑暗中也不安地竖起耳朵。胜吕甚至于觉得铃声像是从心底发出的呻吟,心底有口张开的深洞,那是吹往深洞的风声,是他的小说中从未描写过的东西……

接待室也和电视台的化妆室一样,四面镶着镜子,胜吕看到映在镜中的自己感到烦闷。刚喝一口小姐送来的红茶,栗本即敲门进来。

“听众已经来了八成左右,来听您和东野先生演讲的以家庭主妇居多。”

正经老实的编辑没有提起二人一起逛过歌舞伎町风化街的事。他很清楚说出来对胜吕而言是很失礼的。

“东野先生今天准备讲什么?”

“题目是‘谈幻影’。”

栗本就职的出版社每个月为读者举办一次小演讲会,每次聘请两位演讲者。这次和胜吕一起演讲的东野先生是研究弗洛伊德的心理学者,宴会上曾见过三四次面。题目是‘谈幻影’,可能是指弗洛伊德所说的由性欲产生的幻影吧。此外,胜吕就不太了解了。

栗本走出接待室,胜吕刚喝完红茶,肥胖的东野进来了。看样子他可能从大学直接来的,把崭新的箱型公事包放在化妆台上,以和高大的身躯极不相称的尖锐声音说:

“红茶我不要了。我自己带了提神药(酒)来。”

他像魔术师般拿出小水壶。

“演讲前不喝一杯是不行的。”

“喝了就有精神吗?”

“是啊,精神会好得不得了,看听众都像是看石块一样。”

“这样不是正符合您今天演讲的题目‘幻影’吗?”胜吕说,“幻影应该和实体具有相同的作用吧?”

栗本又进来报告说六百个座位已经全部满了。胜吕心想或许成濑夫人来了正坐在哪个座位上。他把这次演讲通知的明信片没写名字寄到医院给她,心里也期待她会来。东野看了一眼壁上的钟,“还有二十分钟,好像来得太早了!”

“不会,这样先讲的我比较放心,”胜吕摇摇头,“对了,想请教您一些问题可以吗?”

“当然可以,什么问题?”

东野嘴里含着威士忌,调整了下不舒服的坐姿。和他高大的身躯相比,任何椅子看来都变小了。

“你们精神分析对虐待狂和被虐待狂是怎么解释的呢?”

“虐待狂? 被虐待狂?”

“是的。”

“咦? 没想到您现在对这种东西还有兴趣。”东野露出高兴的笑容,“您是基督教徒吧!”

“不过,我还是一个对人类感兴趣的小说家啊。”

“没错,是我失礼了。不过,我不是这意思,而是认为您是禁欲倾向很强的作家。”

“是不是可以说得简单一点,谈到术语,我就只有投降了。”

“弗洛姆把人分成两种类型，不是有本质上喜欢人生具有建设性的统一和和谐的作家吗？例如武者小路就是，山本有三也是。外国的话歌德也是。这种类型的作家，弗洛姆称之为禁欲型。您不就是禁欲型吗？”

“这个嘛，我自己就不太清楚了，然后呢？”

“还有眼光不是朝着富有建设性的未来，而是执迷于过去的黑暗事物，有自杀倾向的作家。太宰治不就是吗？这一类型的叫作恋尸癖型。”

“拿我们日本文坛的用语来说就是毁灭型。不过这和被虐待狂有什么关系呢？”

“抱歉。这种恋尸癖型的人，的确是毁灭型的。他们有自我毁坏或堕落的倾向。这种倾向要是太强烈就会产生想回归到非生物或无机物状态的强烈欲望。”

“什么是非生物的状态？”

“弗洛伊德啊……对这个做了有趣的说明。在人的潜意识中有几千万年前生命发生和发展的太古历史潜伏着。在生命产生之前，我们处在非生物的状态，而人现在还被那最初的状态所吸引，所以绝不能说是没有乡愁的。这证据在于人生当中要是生命的紧张持续很久时，我们就希望回到非生物的状态,有人会想自杀,也有人希望变得麻木。这些都是希望回归到太古生命未动之时的物质状态的倾向。”

“不管怎样的人都有那种倾向吗?”

胜吕瞄了一下墙上的钟,还有十分钟可以请教东野。

“是啊,无论是谁。不过,我认为这种倾向特别强烈的人就是所谓的被虐待狂。”

胜吕对于东野过于明快的说明,心中反而留有疑点。影片中出现的素子头发上满是蜡油,那种陶醉的表情,真的是从想回到无机物的欲望中产生的吗?难道那儿没有更有力的、更强烈的动因吗?成濑夫人自己也觉得可怕但还坦白的矛盾心理,不是东野的理性分析能够理解的。

东野看到胜吕脸色犹有不满,露出无趣的表情,又发出高亢的尖声:“刚才的解释不行吗?”

“不,我不是那意思……”

“那么,这种看法如何呢?我们出生之前是躺在子宫里的吧。”

“是的。”

“胎儿在羊水里听着母亲的心跳声有如无机物般地活着。羊水虽白而混浊,可是胎儿的感觉是适温的。胎儿开始时也和鱼一样天真地用鳃呼吸,某一天突然从那乐园被放逐。”

“被放逐?”

“是的,被赶出子宫之外。我们大人把它叫作诞生,但是对胎儿而言是从水中的呼吸转移到空气中的呼吸,那是陌生恐怖的世界,这是人所体会到的最初的死与再生。因此,婴儿的初啼并不是我们所认为的那种诞生的喜愿……其实是恐惧的声音。”

“这种看法我第一次听说。”

“或许是吧。而且离开子宫的恐惧心理极为强烈,它并未消失,而是留在婴儿的内心深处。婴儿即使长大后它还是会留在潜意识里,这与对死亡的不安有关,它也会化为强烈地想再回到羊水里的胎儿期的强烈意愿。所谓被虐待狂,或许可以说是一种希望再次生活在羊水状态中的愿望的变形。”

“这是弗洛伊德的看法?”

“不,”东野苦笑,但也有几分得意地说,“这是我个人的看法。”

“那么虐待狂呢?”

东野刚开始准备说明,门开了,栗本进来说时间已经到了。胜吕向东野道了谢,走出走廊,登上通往舞台的楼梯。

踏上演讲台,闪光灯此起彼落地打在身上。他从台上向席上的听众行礼。在楼梯式的听众席上,就如栗本所说的,有三分之二是家庭主妇和年轻女性以及学生。当然这不是一个一个去算,而是他眼睛扫过全场时的感觉。

胜吕借着调整麦克风让心情稳定下来。他对演讲会虽然已经很习惯了,不过开头要是讲得不好,接下去就不好收拾。他沉默了一下,等全场观众的注意力集中到他身上来之后,才慢慢地开始谈自己的文学。

(情况顺利。)

眼睛虽然看不到,但全身可以感受到观众的反应。胜吕的皮肤开始感觉出这些主妇、年轻的女性、学生们在期待些什么样的内容。说实在的这些读者有一大半,到会场之前已在猜测他可能会谈些什么。

演讲的节奏调整好后,谈到妙处听众也会抱有共鸣,频频点头。他变得从容后,可以看清刚才还模糊的每一位听众的脸了,便开始在人群中寻找成濑夫人的影子。

"有一位青年来看我,他一直埋怨自己不会讲话,不善于和人交际,损失非常大。要是以前的我会介绍他看一些说话术之类的书,或者教他讲话的方法。可是现在的我,已体会出任何负面当中隐藏着正面的道理,我告诉他善用自己的口拙。所谓善用口拙是……"

胜吕停顿了一下,眼光扫过坐满大厅的每一位听众身上,这时候,停一下是很重要的。

"成为好的听者就行了。不善言辞的人,当对方说话时,只要眼睛注视对方的脸,不停点头就可以了。这样对方会很高兴,就像现在各位让我觉得高兴一样……"

大厅里响起一片笑声。胜吕觉得很得意,眼睛朝大厅正中央附近的出入口处望过去,突然,他用力地眨了一下眼睛。

他在那儿,和胜吕就像是一个模子印出来的脸在出入口附近露出轻蔑的笑容,正朝着自己看,就和颁奖典礼的那晚上完全一样。

"不善言辞的负面中包含着可以成为好听众的正面。不只是不善言辞的情形是这样,人所有的负面都不是绝对的。在负面中包含着正面。即使是罪也包含着正面。在罪里可以发现到人寻求再生的情愫。我在小说中也融入了这个看法,并且经常提醒自己。"

胜吕觉得全身发冷,又再眨眨眼。可是纵使再怎么眨眼睛,男人也不会像颁奖典礼时那样消失。看!他发出了轻蔑的笑,那是在嘲笑我,是下贱的微笑,是的,那是在展览会上看到的肖像画的表情。

大厅里到目前为止和谐的气氛突然遭到破坏,在和谐的声音当中,不和谐的声音有如痉挛般流窜着。胜吕突然不知如何把话题接下去而感到着急。他刚才说到例如纵使是罪对人而言也并非全无意义,因为对救赎来说它是有意义的,然而这话题要怎样接下去呢?不知为什么,脑中一片混乱,胜吕停住了,心里越焦急就越理不出头绪来,有如身陷沼泽。他的耳边响起接待室中东野说的话:

“无论是谁都有想回归到子宫或黑暗、寂静、无感觉中的欲望。拒绝向上,只想下坠的欲望……”

红线的漩涡团团转,速度加快,胜吕似乎要被吸入漩涡的中心。

“最重要的是描写人。”胜吕像是背诵台词似的只有嘴巴动着,“这是作家的第一目的,最重要的是探讨人的内心深处,这是作家的绝对义务。而这个目的与义务,无论他是左翼作家也好,或是像我一样是不纯正的基督教徒也好,是不会改变的。至少到目前为止,我并没有因自己的宗教信仰而美化作品中的人性。即使是丑陋的东西也以它本来的样子去看它。”

现在,那个男子从椅子上慢慢站起来。站起来之后往胜吕方向看,走到通道时又回过头来,从他的动作和态度上很明显地看出他很鄙视胜吕说的话。

男人站在出入口旁边,又露出曾见过的同样微笑。

(你是在撒谎……)

恍惚中胜吕听到男人的嘲笑声。

(你真的正视人类的黑暗面吗？你不是小心翼翼地写一些不会损害到读者对你的印象的事吗？就好像你对待你太太那样。)

(没有这回事！我也在尽力探讨人的黑暗面、污秽面。)

(不错！你描写的是总有一天会获救的“罪”,如同你所喜欢的基督教作家们一般,可是你避开了另一个不想去探讨的世界……)

(所谓另一个世界是……)

(恶啊！就是那个恶,罪与恶是不同的。)

胜吕冗长的沉默使听众开始骚动起来,他额头出着汗,听到栗本急促走来的脚步声。

“怎么了?”

那个男的像用橡皮擦擦掉似的消失了。胜吕的汗一直流到眼睑。

“实在非常抱歉。胜吕先生突然身体不舒服,演讲暂时停止!”

栗本用麦克风向听众道歉。

“不过,接下来请东野先生演讲,所以请各位留在原位。”

胜吕背后响起无力的鼓掌声。他回到讲台的侧面。

“要不要叫医生?”

“不用了,很抱歉。我到休息室休息一下就好了。”

他对担心他的栗本摇摇头。但是头还是痛,感觉得出背部和额头还在流汗,在讲台侧面等候的东野抓起胜吕的手把了脉,轻声说:“脉搏正常。”

“可能是紧张过度的关系,躺一下就好了。”

胜吕在休息室松开领带,解开衬衫的扣子,躺下身来一闭上眼睛,客满的大厅里瞪着自己的那张脸又出现了。(不错,你写的是会获救的罪……)为什么耳边会响起自己想都没想过的话呢?为什么坐得离讲台那么远,我还能看清他的嘲笑呢?对了,那是幻影。不,或许是假冒我的人?那家伙来了吗?一定是看到那家伙,看到活像自己的脸的冲击过大而产生的幻听。

他想把这现象解释为幻觉。否则,这种奇怪而且不合理的现象是不可能发生在六十五岁人身上的。

就在我们人生旅程的中途,我在一座昏暗的森林之中醒悟过来,因为我在里面迷失了正确的道路。

这是从前读的《神曲》的第一句。书中主角和自己不同的只是年龄,自己早已步入人生的晚秋,然而迷失道路,在满是落叶的黑暗林中踟蹰……

被敲门声吵醒。他宛如从水底浮上来般喘了口大气。

“好一点了没?”

到底过了多久呢?从门中间看到演讲完的东野的脸。

“没问题。我醒过来了。”

他慌忙撑起上半身,拿起脱下的衣服,感到轻微的晕眩,不过大概不会有什么大碍。

“是脑贫血吧,”东野看了胜吕的脸色又发出尖锐的声音,“可能是太疲倦了。”

“好像是这样。”

“要不要喝一点提神剂?”

他拿出盒子里的小瓶威士忌,胜吕摇摇头。

“我想该回去了。”

“栗本君马上就来了,再等一下吧。他去安排车了。”

胜吕站起来之后,静静地在原地待了一会儿。

“很抱歉,是不是可以再请教您一些问题……很难得有机会当面请教心理学家。”

“没事……不管是什么都行。这次是什么问题?”

“有人曾看过和自己一模一样的人吗?”

“和自己一模一样……啊！这叫作‘二人同行’或者叫‘二重身’。不多，但是学会报告中有一两件。患者说患中耳炎之后，演变成神经衰弱，产生幻听，后来看到自己躺在眼前，那是跌倒后的自己的尸体，服装也完全一样，还说清楚记得是灰色的裤子。”

“看到二重身的患者，经常是有神经衰弱的吗？”

“大致如此。听说会有长期失眠、体温异常、身体消失感和思考力消失等症状……你为什么对这个问题有兴趣？”

“没什么，只是小说里想谈一点这方面的事。”

“哦，这样啊。”东野并未感到讶异，“小说方面陀思妥耶夫斯基不也写过？”

“那种二重身，在正常状态下是不是就不会产生呢？”

“似乎也不是这样。根据文献报告岩手县某小学的女老师虽然没有这些自觉症状，仍然有二重身的现象。听说她因此三次被学校免职。”

“这是什么时候的事？”

“大正时代。奇怪的是看到二重身的不是她本人，而是她教的女学生们。她在裁缝室上课时，全班学生都亲眼看到和她一模一样的女人站在教室外面的花圃里。”

“是真的吗？”

胜吕感到膝盖微微打战。恐怖的同时有股无可言喻的不舒服感涌上心头。

“她是不是双胞胎？有没有和犯罪扯上关系？”

“这倒没有。”东野摇摇头，“这就是不可思议的地方。学者之间众说纷纭，但都缺乏强有力的证据。”

毫不知情的东野用他的大手拿起倒了威士忌的碗，送到嘴边。

“这个女老师的事，对你的小说有用吗？”

“是的，好像用得上。”

“听说二重身的一个特征是大多发生在傍晚。”

“那么，这些症状是患者的幻影吗？”

胜吕心里希望东野回答“是”。对混沌的人心深处做明晰说明的这位学者，总有不能尽信之处，但是这时，他希望从东野口中听到“是，是幻影”，而且想紧抓住它。然而东野单纯地摇摇头：

“你会把它想成幻影吧。但像刚才说的岩手县的女教师那种情况，就不是当事者本身的幻影所能解释得了的了。”

回到写作坊趴在书斋的桌上，回想东野说的每一句话。胜吕所得的结论是：他从演讲台上看到的或许也是幻影，如果不是幻影的话，那就是假冒他的人所做的恶作剧吧。总之，一定是二者之一。如果是幻影的话,可能是年纪大引起的轻微忧郁症吧。以往做完工作之后,身体就会垮了的胜吕,勉强这么解释。可是了解到这样的自己反而让他感受到无法忍受的忧郁。

胜吕听到电话铃响,身体抽动了一下,听了一阵铃声之后,才决定到客厅。

“实在很抱歉,在您休息的时候打扰您。”

对面是很客气道歉的女人声音,从听筒中传来很多人的嘈杂声。

“您是哪一位?”

“我是成濑。刚刚听了您的演讲。您中途似乎身体不舒服……”她似乎在寻找怎么把话接下去,“很抱歉打电话打扰您。”

“哪里,哪里,我才不好意思呢。”

他不想错过见夫人的机会。

“您在哪里?”

“在原宿站。我在医院里看护的小孩心脏准备动手术,今天要检查。我要是不去的话他会害怕……只要我在他旁边他就会乖乖地。”

胜吕想起那封信,感到不可解。现在担心小孩动手术的这个女人,另一瞬间就会变成残酷的女人……小说家的他心动了,非要探察那秘密、黑暗的部分不可。

“我现在马上去原宿可以吗？想跟您谈谈上次信的内容。”

“三十分钟后就开始检查。我已经跟阿茂约好一定会去。”

夫人很着急，脑中似乎只有阿茂那孩子。

“我看过你那盘录像。”

在洗澡堂里小针听着女服务生开热水水大量流出的声音，突然说出刚才在新宿的内巷和糸井素子喝酒时就想问、好不容易等到现在才开口的问题。借酒壮胆，小针进入这家旅馆时，素子也好像已约好似的，毫不抗拒地跟在后面进来。

油漆已剥落的桌上，放着自热水瓶和用纸包着的铜锣烧，纸上写着“二人同吃的铜锣滋味如何”的都都逸①。纸拉门开着的隔壁房间里能看到红色棉被的一角。

“我在‘沙特尔-鲁鸠’看过你的录像。”

他还以为素子会脸色大变，哪知她只回答：

“哦？是吗？”

她懒洋洋地把香烟往烟灰缸压，小针心想这个女的怎么

---

① 都都逸是江户末期，由初代都都逸坊扇歌集大成的口语定型诗。诗遵循“七、七、七、五”的音律数。

这么钝感,反应如此冷淡。

“胜吕先生也在那次舞会吗?”

“在呢,还是不在? 我记不清楚了。”

“那么,那个女的呢?”

“哪个女的?”

“我问过胜吕先生,”小针故意装迷糊,“名字叫什么呢? 看来气质很好的,眼睛大大的。”

“啊! 那是‘N夫人’。”

“对! 对! 就是‘N夫人’,为什么叫‘N’呢?”

“大家都这么叫呀。”素子回答得很干脆,“她的话一定会来,因为她是我的‘另一半’呢。”

“她是你的‘另一半’,那么你们是同性恋吧。”

素子两手捧着茶碗,慢慢地喝淡茶。

“是这样吗?”

“你不懂的。”她同情似的说,“蕾丝或同志,不能那么幼稚地区分的。”

“影片中你享受着头发被滴蜡油、脖子被掐着的快感,那个女的也会做这种事吗?”

“她并不讨厌这些。不过刚开始时不是这样的,是我慢慢教她的,后来她也感兴趣了,就告诉我一些事情。”

“说些什么呢?”

喝完茶的素子,眼睛眯得像深度近视的女人,一直注视着小针。在昏暗的日光灯下,那平淡无奇的脸上却散发出一种近乎痴呆美的妖艳,刺激小针的情欲。

“你听说过匈牙利巴托里女贵族的故事吗?”

“不知道。”

“N夫人知道得详细。她看得懂英文、法文。那位夫人是十六世纪的人,丈夫去世后,在自己的城内和在维也纳的家中残杀了辖内的少女,听说超过六百人呢!”

“现在怎么突然跟我说这些?”

“因为我和她正模仿着伯爵夫人呢。我被绑,她扮伯爵夫人。”素子的眼睛眯得更细,似乎回味着那时的快乐,“我们玩着、玩着,竟然认真起来了。她到欧洲观光时,还去维也纳探访伯爵夫人馆的遗迹呢,找到后发现那儿现在已是一家大唱片行,正播放着安迪·威廉斯的流行音乐,聚在那儿的年轻客人对伯爵夫人的事根本一无所知。她说那时她只感到一种无可言喻的怒气……”

“为什么生气呢?”小针现出讶异的脸色,“生气才奇怪呢。”

“是这样的,三百年前在这里听得到少女们被残杀的哀叫声，而现在竟播放流行音乐，大家不都太钝感了吗？N 夫人说这就是伪善。在人心深处不闻不问，故意欺骗的伪善。”

“歪理！”小针把铜锣烧放入口中，“真的是太偏激了！”

“你什么也不懂。”

“承你指教了！”

“N 夫人经常说人心有岩浆。你知道岩浆吧？”

“别看不起人，就是地球中的火吧。”

“是的，岩浆不是从外面看不见，但是会突然爆发的东西吗？不管是谁，出生时，岩浆就隐藏在心里。无论是多么小的小孩都有的。”

“你到底想说些什么呢？”

“即使是小孩，折断蜻蜓的翅膀或脚时会觉得快乐，现在就连小学生也会接近无抵抗力的同伴，虐待他。因为……快乐呀！这是因为小孩心中也有岩浆的缘故。”素子边喝茶边继续说下去，“这岩浆要是出现在性的方面，就会变成虐待狂或被虐待狂……不过，怎么区分是虐待狂或被虐待狂并不是问题。N 夫人和我形成两道旋涡碰在一起，激起高高的水花，发出像大鼓的声音，二人被吸往很深很深的深处。深到简直没底。我真不知有多少次想死，在那种酩酊状态下我真的想死。”

小针注视着嘴微张开,令人有点心寒的素子的脸。就是这张脸！在录影带中,头发沾满蜡油、舌头像芋虫蠕动的那张脸。已经发疯了,这个女的!

“那时候什么理性都没用。想压抑又压抑不了。”

“不要说了!”

小针猛摇似乎已开始狂乱的素子的肩膀。她像金鱼似的张开嘴巴。

“你根本不会懂的,不能了解的。两道波浪碰撞时激起的水花……”

小针忍不住朝素子的脸打了一巴掌。“啪!”清脆的声音在屋中响起,他的膝盖碰倒茶杯,倒了的茶流在桌上。

“打呀！打呀!”素子像发烧过度似的大声吼叫,“再打呀!”

“不要再叫了！还不停止吗?”

小针又打了一下。手感到麻痹时,从未体会过的强烈快感流窜全身。他抓住素子的肩膀猛摇,她像不会抵抗的娃娃任人摆布,向后倒下,脱下裤袜露出两条大腿,又短又粗。

“好吧！这么喜欢挨打我就打个痛快。”

“拜托啦!”

“有必要把你打得转性。”他大叫,“打成正常人。”

六

飞机朝着宛如洒下满天银针似的发光的海面，缓缓回旋，准备降落。

妻子的脸朝向丈夫，问："我们已经有几年没一起旅行了？"

"我想想。写《基督传》时，带你到耶路撒冷，之后到现在。"

空乘小姐在通道上开始检查座位的安全带时，看得到湾内的岛屿和渔船。不久他的身体感到轻微的碰撞，机场的风景向左右迅速后退。

胜吕边解开安全带，边有点得意地对妻子说明。

"从谏早到小浜，然后再到口之津和加津佐。"

他们在机场叫的出租车，不久沿着耀眼的大村湾跑。对面朦胧的山脉和走过的每一条街景都还有印象。胜吕心里想问:“你们是否依然无恙?”二十年前,他多次在这条街道上,思考着长篇小说的意象,构思它的结构。那时他还是四十几岁的中年人,凭着一股小说家的热情,他目不斜视、意气风发地走在这条街上。他注视着街道旁矮屋檐的旧房子和被长有茂盛楠木的石墙遮住的前方道路,那时自己宛如被神鬼附体的样子,又浮现脑海中。

“已经二十年了。”他轻声地对妻子说,“这条路和房子还是老样子。”

“还是自然好,永远都一样。”妻子点点头说。

“是呀,是我们自己年纪大了。变了!”

口中说出“变了!”时,他察觉到话中包含未意识到的不同意义。

他没告诉妻子,演讲时和自己一模一样的男子混在听众当中的事。当然,身体不舒服和跟成濑夫人吃饭的事也没说。那些事没必要对妻子说,也不能说。自从结婚之后,对可能破坏和妻子二人拥有的和谐的事他都尽可能保持沉默,那心情有点像父亲决不跟女儿谈性一样。

在春来之前踏上往长崎的旅行,与其说是事先讲好的,不如说是内心的恐惧造成的。今年入冬以来,接连发生的几件事,使胜吕越来越不安。为了逃离现状,想和妻子二人在安静的地方度过几天时光。

虽说是冬天，不过天气很暖和，一过谏早，远远看到晴空中的云仙好像云朵。

“这就是云仙!”他指着摊开在膝上的地图体贴地对妻子说明，“三百年前，基督教徒被赶入那火山的滚水里。”

“现在这地方还在吗?”

“取了名字，叫地狱谷。常被观光客和修学旅行的学生挤得满满的。”

温暖的幸福感从体内升上来、扩散。已接近人生终点的夫妇两人享受着三天两夜的旅行。这和蜜月旅行又不同，其中包含唯有经过长期共同患难的人才能了解的深厚的连带感和信赖感，胜吕对以这女人作为人生的伴侣，再次感到满足。

环绕云仙山麓后，来到叫小浜的温泉街。眼下是广阔的海湾，小浜街弥漫着白色的水蒸气。

“从前基督教徒们从这里徒步登上山，然后被带到地狱谷。”

“当时还是寂寞荒凉的小村吧。”

从小浜开始车子走在沿海的小路上。胜吕第一次来这里是二十年前，那时尚未铺设柏油，对面有车来了就会扬起满天的尘埃,他搭的出租车很有耐心地把车停在路旁让对方先过。

“那是谈合岛,对面看来像趴着的地方,是天草。”

“那是天草?”

“是的。这个峡湾是三百年前,葡萄牙和西班牙的基督教传教士花了两年时间才找到的地方。现在的风景跟当时他们看到的风景完全一样。”

胜吕谈着谈着感到二十年前自己的那股拼劲似乎又回来了。以前在这些地方漫步,一点一滴凝聚而成的构想和意象,现在仿佛又再出现了。

夫妇下了出租车,去看在沿海的防风林中被发现的基督教徒的坟墓。在那几近灰色石块的墓碑上,只能模糊地看出十字和像拉丁语的文字。

“加津佐是日本最初拥有印刷机的地方。有名的天正少年使节们①为了谒见罗马教宗远赴欧洲,回程在诺亚买了印刷机回国。就在这里印刷宗教书和日本古典作品。”

妻子对内容并没有太大的兴趣,不过因为丈夫很认真地说明,就静静地听着。

---

① 指1582年(天正十年)日本九州地区吉利支丹大名大友宗麟、大村纯忠、有马晴信向罗马教廷派遣的、以四名少年为中心的使团。这个使团的到来让许多欧洲人第一次知道了日本的存在。

“当时在加津佐和隔壁的口之津及有家，都有学校，学生们除了学拉丁语和葡萄牙语之外，还要学风琴、口琴、绘画等，任何书本对日本的历史都只字未提；然而这里是日本最早了解西洋的地方。”

胜吕还记得离这里不远处有漂亮的海滨。二十年前，走累了他就躺在琥珀色的海滨，眺望着由远而近的波浪睡去。那时还是壮年，还有力气。

在口之津的公路饭店吃过饭后，夫妇把出租车司机留在小街，两人走到海滨。

“我以前在这里看海，看着看着就睡着了。”

“水好透明，看得到海草蠕动呢！”

“那里有像海角的东西突出来，看到了吗？那就是岛原之乱的原城。三万名男女在那里被杀了。”

口中说出“被杀”时，痛苦涌上心头。和妻子的旅行是为了活下去，而不是想沉沦到黑暗中的旅行，是为了逃避成濑夫人和糸井素子的世界的旅行。

“还有这么漂亮的贝壳啊！”

妻子为了把在波浪边捡拾的贝壳给他看，走近躺在沙滩上的他。她白色掌中的浅红色卷贝有如装饰品。

“有趣吗？”

“当然啦！好久没有这样的旅行了。我也想过带儿子和媳妇一起旅行。”

“注视着海，觉得我们也好不容易活过来了。历经战争，还有艰苦的战后，总算活到现在……”

“弥撒时，我经常感谢。觉得连死的时候我也会感谢神。”

无论发生什么事，胜吕都不想让这样的妻子看到那个世界。发上滴着蜡油，嘴微张的糸井素子口中舌头像芋虫般蠕动，几个男人的手捏着她的脖子……放火烧农家，小孩和女人发出哀叫。离这里不远的原城之岬，包括小孩在内三万男女被残杀了……

“你这样真好。”胜吕叹息，“令人羡慕。”

“怎么说呢？”

“不像写小说的我那样……必须看本来不看也可以的东西……”

妻子在身旁就有安全感。这心情跟躺在母亲身旁的孩提时代相似，人为什么会想从这休憩的地方出去呢？是有想看人的欲望，想完全了解人的一切的欲望，想追根究底的欲望。在三十年以上的小说家生涯中，欲望似乎已变成本能。

波浪平稳有规律地一波一波拥过来，退下去，听着一道道的波浪声，现实生活的一幕一幕又从记忆中涌上来。订婚时期,在大和散步的秋日。结婚后在驹场第一次买小房子的日子。长期住院期间,每天都来看护的妻子。手术后麻醉药效退去醒来时,映入眼中的她的微笑。在默默无语的丈夫旁边,妻子也没说什么。年纪大的她静静地听着波浪声,心中或许也想着同样的事。

“明天是星期天,一起上教堂吧?”妻子突然说。

“老早就想在你小说舞台的这地方参加弥撒了!”

“为什么?”

“哎呀,”她微笑,“对于你的小说我所能做的只有这些,我根本无法介入你的工作呀!”

这是事实。胜吕从结婚起就跟妻子约法三章。把工作和家庭完全分开。不要过问丈夫的工作。绝不干涉小说的内容。这是胜吕的请求,也是他的体贴。

“这一阵子我都没去参加弥撒。”

胜吕心想不是没去,而是没办法去;不过还是转过脸很快说出来。

“我知道长崎郊外有一间小小的、很安静的教堂。我们明天就去。回到饭店后打电话问看看弥撒的时间。”

接着他好像要切断话题似的,用力拍拍沾在裤子上的沙子站起来。

弥撒时,胜吕夫妇好几次听到在阳光照射的教堂外迷糊的鸡叫声。鸡是教堂的外籍神父像小镇上的农家一样养的。窗子前方有大楠树,满是树瘤子的树枝向外伸展,枝间看得到发亮的海。幼儿在胜吕夫妇身旁走来走去。晒黑了的母亲追着抓小孩。女人哄着哭泣的婴儿。参加弥撒的信徒大半是半渔半农的镇上居民。

昨夜,在长崎的饭店,胜吕想起几年前造访这海边小镇的往事,向妻子说明。

“那里的红砖教堂很不错。从前是隐匿基督教徒的村子,听说即便现在镇上一半以上的居民还都是信徒。还有,在这一带传教的是有名的德·罗茨神父。这教堂是大家工作、存钱,烧砖块,用手盖起来的。”

妻子对这故事听得津津有味。

“这样的话,开车需要四十分钟……”

早上八点,从饭店搭出租车,经过两个小隧道,看到离这小镇很近的峡湾时,夫妇两人觉得地点是选对了。在阳光闪烁下的大海,以讨人喜爱的温暖表情迎接他们,就在这时,从背后山丘上红砖砌成的教堂中传出中学生敲打的钟声,许多人像蚂蚁般成列在往教堂的爬坡路上行进。

下了出租车，加入信徒的行列，一进入教堂的庭院，一眼就看到以前来取材时认识的白胡子外籍传教士在向信徒打招呼。他对围在四周的小孩开玩笑，向主妇们寒暄问暖。他看到胜吕马上认出来，开玩笑地说："请坐到正中央的位子，那里是特等座。"

神父主持这教堂已有四十年历史，他的眼中泛出微笑。不像胜吕看到人的黑暗面，他只看到温暖的大海和枝叶茂盛的楠树，以及围绕身旁的顽皮小孩。

弥撒开始，外籍神父和起立的信徒一起唱福音书的一节。这似乎是这个教堂每星期日的习惯，被太阳晒得黑黑的、颧骨突出的男女齐声复诵神父的话。

"凡劳苦和负重担的，你们都到我跟前来，我要使你们安息。"①

又听到教堂外面长长的鸡叫声。

"因为我的心温和……请接纳我。这样灵魂得到安息。"

胜吕和妻子也和大家一起唱着"灵魂得到安息"。紧接着胜吕心中唱起《神曲》的一节：我在人生的过半……迷失了道路……在黑暗的森林中徘徊……

---

① 引自《圣经・新约・玛窦福音》第11章第28节。

“温柔的人是有福的。”

年老的外籍神父的歌声和鸡一样荒腔走板。迷失了道路……在黑暗的森林中徘徊……

“温柔的人是有福的!”

在婴儿的哭泣声和擤鼻涕声中,信徒们重复地唱着。

“哭泣的人是有福的,他们会得到安慰。”

“哭泣的人是有福的,他们会得到安慰。”

弥撒一结束胜吕夫妇马上被小孩子团团围住,因为租车时间的关系,他们又坐上了车。用手指轻敲车窗的老神父说:“欢迎再来!”

车子走在讨人喜欢的亮光柔和的海边,妻子叹了口气说:

“也有那样的人生啊。”

“是啊。”

迷失了道路……在黑暗的森林中徘徊……回过头来看,教会的建筑物和庭院中的大楠木逐渐变小。那位神父到底几岁,或许比六十五岁的自己还年长五六岁。他还可以活几年呢？神父死了之后,是否会被埋在大楠树下,死后也眺望着大海、看顽皮的小孩追逐、听鸡叫呢？那里看不到丝毫成濑夫人或糸井素子世界的影子……

虽然只是三天的旅行,但胜吕感觉好像已经好久没在写作坊了。到达羽田,看到铁灰色的冬天天空和从工厂的烟囱中排出的黑烟时,他意识到自己又被拉回被人类污染的领域。

写作坊的桌上堆着高高的邮件,他换上家居服,用剪刀把一件件的邮件封口剪开,看到妻子的脸上堆着微笑感谢带她去旅行。

“谢谢!”

“玩得高兴吗?”

“很高兴呀! 我要赶快写信告诉儿子哦!”

“以后也像这样一年旅行一次吧。”

听到胜吕体贴的话,她的嘴角泛起春阳般的微笑。

把邮件按寄赠杂志和书籍分开,打开积了几天的报纸。三天中日本平安无事,第一版和社会版似乎没有什么重大新闻。胜吕浏览了一下这个月的文艺时评和书评部分。有几本是别人的赠书,准备写谢函,于是对妻子说:

“把在九州买的印有版画的明信片拿给我,我想写谢函。”

妻子边看电视边剥着柿子皮,从她的肩上看过去,画面上,出现的是播报午后新闻的中年记者四角形的脸。

“在新宿区发现年轻女性自杀的尸体……公寓的管理人清水满夫用钥匙开门时……”

“这版画明信片是在饭店买的?”

“不。有一条叫铜座的街道呀,在那里的艺品店买的……”

“年轻女画家名叫糸井素子……是用绳子绑在脖子上,利用桌脚自杀的。在她遗留的写生簿上留有遗言,目前警方正……”

“要不要吃柿子?”

胜吕站起来走向玄关。成濑夫人信上所写的不是假的,也不夸张。

“怎么了?”

背后传来妻子吃惊的声音,胜吕才回过神来。对眼睛睁得大大的看着自己的妻子,做出没事的表情。在楠树枝间发光的海,妻子只要了解那世界就够了。

“还是去买信封好了,”胜吕撒了谎,“明信片不太礼貌。”

走出公寓,进入公共电话亭,拨号码。虽然不知道夫人在不在医院,胜吕还是忍不住要打电话,拨了小儿科护士站后,对方回答成濑夫人今天没来。

“不过明天早上会来,因为她照顾的小孩患者明天要动手术。”

声音听来像是高中生的年轻护士亲切地告诉他。

第二天十一点左右，胜吕在手术室的那一楼走出电梯，看到靠墙壁旁边的椅子上有两个女的像是年老的修女，紧挨着坐在一起。一个是接受手术的少年的母亲；另一个是满脸倦容，像换了另一个人似的的成濑夫人。

“还麻烦您到这地方来……”

夫人看到胜吕就走过来。

“手术已经开始了吗？”

“大约三小时之前就开始了。是庆应的心脏外科医生执刀的，我想大概不会有问题。不过太静了，反而让人感到不安……”

“是很困难的手术吗？”

“是的，那个孩子心脏附近的血管长了瘤。那部位的手术危险性很高，而且不知痛得多厉害……”

夫人闭上眼睛。一闭上眼睛，胜吕以前没发现到的老态明显显现了出来。他有如第一次知道她的年龄。

“我也动过大手术，手术中自己什么也不知道。六小时的手术，感觉像睡了五分钟。”

“心里一直想打了麻醉针应该不会痛的……可是一想到手术刀插入他的小身体，把胸腔切开流血的样子就……”

她似乎疲惫不堪，又闭上眼睛。她的嘴唇像弥撒时的修女，微微动着。

“你在祈祷吗？”胜吕吃惊地问。

“是的，我没办法不祈祷。我是不是很笨？他又不是我的孩子。”

然后，她突然想起似的。

“咦？你怎么知道今天我在这里呢？”

“昨天我打电话到护士站问到的。”

“哦……”

胜吕把冲到嘴边的糸井素子已死的事，给硬吞下去。现在，眼前的这位夫人不是在中国料理店和他说话的女人；而是当义工照顾孩子，对一个身体孱弱的小孩付出母爱的另一个女人。

孩子的母亲坐在两人身旁，一句话也没说。整个注意力全部集中在手术室里，胜吕并未引起她的注意。仿佛只有手术室的红灯活着，走廊被寂静包围。

少年的母亲和夫人都闭上眼睛。夫人的嘴唇不停地动着，祈祷些什么当然听不清。小孩和母亲同时被烧死在封闭的小屋里，这件事刺激了他们夫妇的生活。然而，现在她是在对着谁祈祷呢？胜吕觉得一阵晕眩，继续看着她的脸。

“我回去了。”

他轻轻地从椅子上站起来，夫人张开眼睛，只微微点头。

或许是烟雾的关系，还没到黄昏天色已暗。这样的夜晚连歌舞伎町的里巷都感到阴森且寂寞，只听到不知哪里传来的烤芋头的叫卖声。看得到霓虹灯的光晕，连盖在膝上的毛毯都带有湿气。石黑比奈低下头，改变了女西装裤中发热贴的位置。这时，有人站到她面前。

“铅笔画？还是水彩？”

石黑比奈注视着客人雨衣的衣摆和穿旧的鞋尖，以疲惫的声音问。

“胜吕先生也是在这里画的画像吗？”

抬起头来一看是上次被赶出宴会会场时遇到的记者，他手插在口袋里有点轻视地往下看。

“那又怎么样？”

“不要这么凶嘛！又不是采访新闻，不用担心！”

“不画的话就不要站在前面，我现在在工作。”

“没办法，那就请你画张铅笔画。”

比奈默默地在画纸上移动铅笔，小针往下看她。

“不要生气，听我说。你在新宿遇到胜吕的事我现在相信了，打从心里相信。”

“不要乱动,这样不好画。”

“那时听了你的话之后,我对他展开调查,很多事现在都清楚了。”

“那跟我无关呀!”

“好!那么请你回答我两个问题,自杀的糸井素子和胜吕是什么关系。还有,有一位中年女性和糸井素子的关系很亲密吧!那个人和胜吕是否彼此认识呢?”

她拿着铅笔的手停下来了。只有他不断问问题,但比奈顽固地继续保持沉默。

小针无计可施,瞄了一眼画到一半的自己的肖像画,一脸扫兴的表情:

“太过分了。”

“怎么了?”

“故意把我画得这么难看,我没这么丑吧?”

石黑比奈看到小针气得胀得鼓鼓的脸,笑了出来。

“只想要画外形的画,还请到别的街头画家那儿去吧!我们认为画出那个人的本质才是肖像画。”

“这就是我的本质?”

“自己是没法了解自己真正的脸的。因为大家都以为矫饰、装模作样、戴着社会面具的脸是自己的脸。”

她拿开盖在膝上的毛毯站起来,发热贴从毛毯和膝盖之间滑了下去。

“可是这还是太过分。我想起来了,你们的展览会上展出的胜吕肖像画,我倒觉得很传神。他的脸上有一种下贱的污浊的东西吧。表现得非常好。”

“你到过我们的展览会场?”

这时比奈严肃的表情才松懈下来。

“是啊!那天你不在……”

小针点点头。

“那时,我亲眼看到胜吕和一位中年女性在画廊前面的咖啡厅里聊天。就是她啊,和糸井素子有亲密关系的……可是素子已经死了哪!”

“你怎么知道这种事?”

“素子死的事?报上不是登了吗?”

“素子照自己的意思死了,是幸福的。不过你怎么知道N夫人的事?”

小针心想还是把一切坦白出来的好。听完话后石黑比奈现出疑惑的表情。

“为什么讨厌胜吕呢?”

“为什么呢,我也不清楚。”小针多少带着开玩笑的语气,

“第一我从胜吕身上看到了日本文化人好色的缩影。现在的文化人总是有些不能相信的地方吧，对这样的文化人不管他嘴里讲着似乎多么伟大、有意义的话，总令人怀疑这个人是不是假的。我不喜欢胜吕或许就是因为这个缘故。”

“只要是人，无论是谁不都是这样吗？还有你自己也是这样的人。”比奈嘲笑似的，“你是从胜吕身上看到自己的样子，而憎恨他的哟！”

“你好厉害！”小针苦笑，“我或许是这样。但是我和那家伙是不一样的，我是个穷记者，那家伙拥有许多读者，事事如意，也是受人尊敬的名作家，装模作样说些冠冕堂皇的话……”

“你也有点嫉妒吧。”

“那当然有。可是那个男的和其他作家不同，是基督教徒。事实上，我也知道有的人是看了他的书之后受洗成为教徒，那个男的写得这么好。”

“因此……”

“所以，要是那个男的是生活在和他自己所写的、所说的表里不一致的世界当中，那么使真相大白，将之公诸社会是记者的义务！”

“你是正义的使者啊。毕竟不管自己的事，专门裁判别人,就是最近记者所谓的正义。”

小针不理会她的讽刺。

“总之,在那展览上有一幅大画题目是《丑的世界》吧？画着裸体的男女和很多蛇、螳螂、癞蛤蟆在一起……我对那幅画印象很深。”

“真的？……那是我的作品。”

她露出高兴的表情,意外的是那高兴的表情,就像小女孩般天真无邪。

“那就是丑的美学,你能领会吗？我们主张丑的美学。正统派的画家把这世界区分为美与丑,划分出可以成为绘画素材的,跟不能成为素材的丑东西。但是我们认为无论再丑的东西里也含有美,找出美的部分这才是绘画,懂吗？”

“不过,这不是胜吕在新宿跟你们说的话吗？总之,胜吕的肖像画,再怎么看都找不出美。那幅画把那个男人的双重人格的内面表现得淋漓尽致。”

“那幅？那不是我的作品,是素子画的。”

比奈的声音变得尖锐。小针还没察觉到。

“那是完全患了分裂症的脸。我曾在哪里看过报道,说分裂症的脸左右眼的位置、形状都微妙的不同。那家伙身上有着不同的人格,他本人或许还不觉得。还记得电视上曾演过这种题材的连续剧，你知道吗？”

“不知道！”对于丑的美学得不到应有的理解，比奈有点不耐烦地对小针的肖像画做了最后的修正，“你的脸也不能说不下贱呀！”

“连续剧中，有一个气质很好的女性接受神经科医生的诊断，症状是头痛和身体异常。连续问诊几天后，有一天，医生眼前的患者竟毫无预兆地变成另一个女人，当然脸和形态仍是老样子。但是个性温和、气质高雅的这位女性突然变得轻佻、淫荡，放声大笑，跟刚才判若两人。医生大吃一惊，还好没多久她好像从梦中醒来，恢复正常，可是完全不记得自己刚刚是什么样子。”

比奈开始感到好奇，注意听小针说的话。

“后来呢？”

“那个女的身上还有另一个女人。完全不同人格的女人。所谓分裂症就是这样。”

“我了解。我……很能了解那女人。”

“一起去喝酒怎么样？”

“到哪里？”

“黄金街。”

“还想问什么呢？我已经没有可以告诉你的了，我要回家了。”

“为什么?”

“我不太喜欢记者。”

“这是什么话?”

小针盘算着这个女的已经没有什么秘密了。

“请付二千日元。”

他咋舌,递给她二千日元,把画纸卷成圆形放入口袋里走开了。

在黄金街的饮食店里,小针把柠檬浮在上面的烧酒杯放到身前,咀嚼比奈的话。这些内容已足够写一篇文章了。他想起把日本首相从宝座拉下台的采访记者。自己这次埋设的炸弹,威力虽然没那么大,也已足够让文坛和读者大吃一惊的。这是让新闻界知道小针这名字的好方法,以后,工作机会就会接踵而来,也付得起和那个女人的分手费吧!幻想一个接一个浮上来,醉酒的小针是幸福的。

带着这幸福感,小针叫了辆出租车,刚说要到中野,马上又更改目的地。

“不,到代代木好了!”

他心想胜吕不可能到现在要去的饭店,或许从饭店的员工中可以找出有关宴会的什么线索。

“像这样的雾倒是少有啊!”

司机减低速度,不安地说:

“这位先生,只能走大路了,在这样的小路,前面看不清是很可怕的。”

“我知道了。”

在饭店旁下车,他把拥过来舔着身体的雾拨开似的慢慢走,生性厚脸皮的他,走入雾中灯光朦胧的玄关。柜台上穿着黑色衣服、戴眼镜的青年面对着打字机,发出神经质的打字声。

“我不是来住宿的。我来找一位住在这儿的叫胜吕的客人。”

小针撒了谎,青年也故意做出翻阅名簿的样子。

“这里没有叫胜吕的客人。”

“奇怪!听说这里今晚有宴会我才来的。”

“是谁办的宴会呢?”

青年正经地回答,但是看得出是经过训练的。

“是胜吕……”

“我们没有接办这样的宴会。”

青年以探询的眼光看着小针。

“对不起,这里是采用会员制的。”

“那么你是说没有宴会了?”

“今天没听说有这样的宴会。”

“你们有时是不是举办只有会员才能参加的宴会?”

“我不太清楚。”

小针做出嘲笑对方的表情后离开柜台,然后故意往并不宽阔的一楼人厅和里面的酒吧绕了一圈才出来。从门口上下车的地方走向车道时,有一辆出租车停在饭店旁,从门内走出一个男的,透过浓雾,看来就像慢动作的影子戏。影子朝这边走过来,经过小针的身旁。

小针好像头部被狠狠地敲了一下。

那是胜吕。但不是文学奖颁奖典礼或演讲会、电视上侃侃而谈的胜吕,而是糸井素子画的胜吕。从他的侧面看得出傲慢、狡猾,还有下流的表情。他朝饭店的方向前进,不知怎的突然又改变主意笔直地往新宿的大马路走去。

“是发现了我,内心有所警惕?”

总算逮到这个男人的真面目。有如猎人看到猎物掉进陷阱时闪过的快感,小针感谢这浓雾。对方可能还没发现到自己在跟踪。

可是这种想法太天真了,对方没察觉到自己在跟踪的同时,自己也因为雾的缘故几乎跟丢了胜吕。明知道太靠近会被怀疑,还是不由得稍微加快脚步,前面的男子在大马路上走了一阵之后,突然逃向右边的道路。小针转过转角时对方蒸发似的消失了!感觉就这样不存在了。惊愕的小针慌忙跑上斜坡,往前后左右探寻,也管不了是否会被对方发现。不知藏到哪里,躲在哪儿,连轻微的声响都没有。雾从坡顶向两侧的住房包围,连电线杆和他的衣服都湿了,他感到很不舒服。小针担心那个男的在这附近突然消失了踪影,或许是因为自己看错了。宛如拨开浓雾似的,他跑下斜坡路,在时而浓密、时而稀疏的乳白色雾河中,他留意起每一户住家的门和电线杆的后面。

这时,背后响起拖曳的声音,似乎是嘲笑小针的狼狈状。回过头一看,他看到坡路半路上有影子面向着他。男的发出笑声,阴森森的声音!那声音又变成近似长长的啜泣声,他拖着一只脚开始上坡,在雾中消失了。

电话铃响。执拗地响着,毫不间断。

打开门进入写作坊,听到电话铃声的瞬间,胜吕身体都僵硬了。在烟深雾浓的夜晚,从外头回来,他的上衣都沾湿了,但是他无意擦拭干净。

光听到电话铃音就知道是谁打来的。拿起听筒，对方仍然沉默，胜吕知道对方绝不会出声的。

电话铃响。执拗地响着，毫不间断。

这时不知何故，胜吕脑中突然浮上最近重读的《李尔王》的台词。

“请不要取笑我；我是一个非常愚蠢的傻老头子，活了八十多岁了。”

他向电话里的对方说“请不要捉弄我”。铃声停止了。

胜吕的呼吸有点困难，他把湿了的上衣脱下，浑身倦怠。已经说了今天要睡在这儿，所以不必回到郊外的家，他在沙发上坐下，好像要推测自己深深的倦意从何而来似的闭上眼睛。他明白今年初冬，从获奖的晚上起，自己就老得很快。他真正感觉到年老和死亡在逐渐接近。

实在太疲倦了，他把手放在额头上，好烫呀！在雾中漫步对曾动过肺部手术的身体或许不太好；但是，他怕睡到床铺上，于是往沙发躺下，睡着了。

他做了梦。

梦中，一人独行。为什么，在这样的夜晚，特别到雾中来，他不知是何理由；却让他回忆起留学里昂的冬天，同样在雾中漫步的情景。好几次看戏或看电影回来，心情还很兴奋，于是拨开浓雾漫步回宿舍。但是那时自己还年轻,充满希望,有披荆斩棘创造人生的气概。而现在在东京少见的浓雾中摸索前进,连自己朝哪个方向前进都不知道,想回去又不知该转向何处。心中充满不安,不安使他感到呼吸困难。

在这种不安中,听到后面有脚步声逼近。自己被跟踪了。那脚步声像是把椅子弄出声响告知检查结果的医生,或是之前的采访记者小针。一个是每个月给胜吕健康带来不安全感的对象,另一个是威胁他精神的敌人。听那脚步声,包含着追踪他到底的执拗与憎恨。

这边加快脚步,对方的皮鞋声也随着加紧。胜吕想起前面有弯道,利用浓雾突然右转,跑向上坡路。躲在坡路人家的门边。从坡下传来慌乱的脚步声,不久在胜吕躲着的门前停下来,可以感到对方正向自己的藏匿处探视。不知是已察觉到胜吕的呼吸声,还是引诱他的陷阱,对方大吼:

“你患了肝癌,身体已不允许你四处逃窜了。你的真面目一定会暴露出来的。”

过了一阵子,可能是死了心,对方走掉了。

他感到一阵恶寒,背部都流汗了。胜吕向着坡路祈祷似的说“请不要玩弄我”。我早就走过人生的大半路程,不希望这样不明不白地死去。希望在人生中,有个了结。

这时,他感觉雾开始微妙地发光,那不是因为路旁两侧人家的灯光渗到雾中,而是斜坡的某处有光源,宛如应了胜吕的祈祷似的发光,穿过混浊的雾,以他为焦点照射过来。可以感受到光想捕捉他的讯息,但很奇怪的这讯息中没有丝毫的恶意和敌意,反而在全身被深深的、柔软的光包围的瞬间,五体感到一股无可言喻的舒服,程度远远超过他单独在书斋面向桌子时的休憩时刻。已经没有束缚自己的东西了。不断压在心上的痛苦也没有了。在广阔的原野中他被解放,可以任意呼吸大气。啊!这就是死亡。死亡就是这样子吗?胜吕沉浸在大大的喜悦中,对自己长久以来感到可怕的东西竟然跟想象的完全不同而感到惊讶。拥抱自己的光里没有任何威吓和处罚,它是柔和的。我的心是柔和的,因此请接受我。那声音如老神父的声音,但又像是别人的声音。

醒过来,已是深夜。梦中看到的光还清晰留在眼帘里。从没做过这样的梦。他从沙发上站起来边想那到底是什么呢?没开暖气很冷。进入卧室,也没换上妻子准备好的睡袍,脱掉上衣就钻入被窝里。

年纪大意味着死亡也在接近,因此才做那样的梦。雾中被人追赶,大概是被死亡追逼的不安之表象,可是光呢?那或许就是我的愿望吧。

虽然用毛毯紧紧包裹着身体，胜吕仍感到背部有一股说不出的恶寒。从今年冬天颁奖典礼之后，就觉得自己身上可能会有事情发生。有一只手想摧毁自己至今建立起来的世界，把我从那世界拉走。那只手想把我抛弃到从未想过的，有如噩梦般的世界。要把我带到发上沾满蜡油、半开的口中舌头蠕动的女人的世界中。

然而那只手和那世界究竟要向我显示些什么呢？胜吕透过他的小说认为人生当中没有一件事是无意义的，要是这种想法正确的话，那它究竟有何意义，要把他带到哪里去呢？有如在雾中徘徊，胜吕现在根本不知该何去何从。

感到恶寒拼命闭上眼睛想睡觉。他需要再一次感受到梦中所见的光与被光包围的那种幸福感。在半睡半醒的状态中，他体认到自己长久以来，一直借着小说家的知识和看法活过来，但是现在突然出现无法处理的别的东西，而且持续扩大，他不知道要为这别的东西如何命名……

醒过来时，胜吕发觉有点发烧，嘴巴黏黏的，人很疲倦。连起床的力气都没有，他忍着头痛整个早上一直待在床铺上。

三点左右，玄关的铃响了。他没去理它，听到用钥匙开门的声音，接着：

“有人在吗?”

“哦!”他忍着头痛,撑起上半身来,“我在。”

“太好了,蜜来了!”

“蜜?”

“以前在这儿帮忙的女孩呀。”

“让她进来吧。”

他说着,“啪”的一声又倒在床上,闭上眼睛。闭上眼后感到一阵晕眩。

卧室门稍微打开,听到蜜鼻塞的声音:

“胜吕先生……”

“我现在浑身无力。昨天晚上在雾中散步,可能因此感冒了。”

“我该怎么办呢?”

少女捡起他散得满地的衣服和袜子,用一只手覆在胜吕的额头上。

“发烧了!打电话给太太吧?”

“不用了,今天在这里躺上一天就会好的。”

“我,我今天是来还钱的。”

“还钱?”

中学生的蜜身体看来比以前成熟多了,在她身旁胜吕感到烦躁。对体力、气力都衰退的他而言,正在发育的生命对他产生了压迫感。

“在这里借的钱……”

胜吕想起上次和妻子谈的事。

“啊！是那个钱,”他忍着因发烧所引起的头痛,掀开毛毯的一角,“那是你为了朋友才……”

“话虽这么说,但还是我的不对。”

“不,不用还了。”

“怎么办呢？有没有我可以帮忙的?”

“那么用毛巾沾点水放在我的头上好了。”

“还是通知太太好了?”

“不用了。在这么冷的日子,她的关节会痛,我不想让她担心。”

他要蜜把湿毛巾放在他的头上,说“我什么都不想吃,你请回去吧”,蜜不安地望着他,过了一会儿说:“我还会再来。”就走了。

睡了醒,醒了睡。全身发冷,头又痛,量了体温竟然高达三十九摄氏度。

傍晚,他考虑要不要叫妻子来。正犹豫当中,电话来了。

“今天要不要回来?”

“不,没办法回去,工作还很多。”

“晚饭呢?”

“我在一家料亭①有对谈。”

“那很好,我今天关节痛,有点难受。”

“天气冷的关系吧。好好休息。”

胜吕又对妻子撒了谎。就像掩饰梦中的事、隐瞒和成濑夫人谈话的事一样,胜吕把生病的事也隐瞒了。想到以后必须借隐瞒才能维持夫妇间长久以来的宁静生活,胜吕觉得到目前为止的人生都是建立在虚伪之上的。

睡了一会儿。在意识蒙眬中听到卧室门被打开的声音,稍微张开眼睛,蜜梨花似的脸映入眼里。

“对不起!吵醒了您。”

“啊,是你啊。”

“还很难受吗?”

那是打从心里担心的声音。

她,就是这样的女孩,要是有人稍微难受,她就坐立不安,不知如何是好。虽然有一些缺点,但是胜吕从前就很喜欢这样的人,也曾经以这样的人为主角写过小说。

① 料亭,指一种高级的传统日本料理餐厅。由于其隐秘性,很多政治界、商界人物会选择在此类场所进行秘密的商谈。

“稍微好了一点。”

“不能让太太知道吗?”

“不行。刚刚电话中她才说因为今天天气冷,关节还痛着呢。”

蜜走到身旁,伸出手放到胜吕头上。

“还在发烧呢!”

藏在廉价毛衣下的鼓起的胸部碰到胜吕的头。上面有灰尘的味道。可是他已不像方才那样对这充满生命力的身体感到呼吸困难。

“还很烫啊,胜吕先生。”

“刚刚睡了一会儿,已经稍微舒服了。”

“我再去沾一下冷水。”

她捡起掉落在枕边的毛巾,到洗手台去。蜜冷冷的手指碰触在脸上时,他觉得很舒服。胜吕没有女儿,心想要是有女儿的话会不会也像这样看护自己?蜜跟妻子不同,笨手笨脚的,但是态度是很诚恳、很认真的。

蜜服侍他躺下后,就在厨房里丁零当啷地做东西,不久,用托盘送来一锅的粥和饭碗、梅干。

“请吃吧!”

“你做的?”

“是呀,我在朋友父亲所住的医院里学的。”

“跟谁学的?”

“跟看护的阿姨学的。还煮得不好。”

虽然将近一整天没吃东西,没有食欲。他不想伤害蜜的心意,于是从床铺上坐起来。含在嘴里的茶和流过喉咙的粥的味道都不好,但有一种少女用心的味道。

“谢谢! 不! 开心哒!”

他勉强吃了之后,特别用她教的中学生用语道谢。

“真的?”

蜜把胜吕的客套当真,开心地龇牙一笑。

“看来你在医院里学了不少东西。经常去吗?”

“只是偶尔和朋友一起去。”

“那家医院里有一位义工叫成濑太太,你认识吗?”

“不认识。”蜜摇摇头,“什么是义工?”

“是帮助病人的人。我太太也在学。不是专门的护士。”

“那个人也是?”

“成濑太太也是的。在那家医院当义工,照顾生病的小孩。”

“那个人我见过。是一位漂亮的中年妇人吧?”

“是的。”

他又觉得头痛，闭上眼睛。蜜把盘子拿到了厨房。之后，长夜降临，他擦了汗后睡觉，不久又因流汗而醒过来。半夜想去拿干净的睡袍，于是下了床，脚却有点不稳，不过烧好像退了些。他用毛巾擦擦身体，换上干净的睡袍，不经意地打开客厅的电灯。沙发上，蜜正靠在上面睡得香甜。

“怎么了，你没回去啊！”

蜜抬起头看他，龇牙一笑。那表情混合着少女向大人的撒娇与女人引诱男人时的媚态。胜吕有点害怕，害怕使他自制。

“毛毯在壁橱里。你知道枕头也在那里的。”

蜜没有回答，胜吕回到自己的床铺，把冰冷的双脚像苍蝇般摩擦着，不久又进入了梦乡。梦中，蜜的脸颊贴着自己丑陋的脸颊摩擦着，好像这样可以使自己短暂的人生延长一两年。

胜吕醒过来才知道，蜜把湿毛巾放在了他头上。

“你没睡啊？”他吃了一惊。

“我想这样擦，您会觉得舒服。”

“从什么时候开始这么做的？”

“没关系，请不要放在心上。”

到窗户泛白为止，她探望了好几次。他心想这个少女也和那个老神父一样，将来会到距离自己很远的神的国度去。

“您来得正好……”

“怎么了?”

在黄金地段像火柴盒般并列的店里,东野朝店里女老板所使的眼色看过去,客人斜靠在贴有写着“汤豆腐”“烤鱼”等的墙壁上,贪婪地睡着。

“这个人一来就吵着说东野先生会到这里来吧?我说他不知道今天是否会来。他就是不回去,非要在这里等。”

“这个人我不认识啊!”

东野歪着头。

“净说些颠三倒四的话。说什么会不会有两个相同的人。”

听到说话声稍微睁开眼睛的小针,背靠在墙壁上大吼。

“什么颠三倒四?我明明亲眼看到了另一个胜吕!”

“你会感冒的。”

东野发出尖锐的声音,小针说:

“没问题……我的身体没那么差。”

打了一个大哈欠,他接着说:

“你是东野先生吧?”

“是的……”

“上次我在叫“天鹅”的店里听说您常来这里,所以在这里等着。”

“有什么事?”

东野接过女主人递给他的筷子和小碟子。

“麻烦给我杯水。”小针也向她要求,“不解醉不行。这位是东野教授!有名的心理学家。”

“这个我知道。教授是我们的老顾客。”

一口气把杯中水喝完,小针好像从烂泥巴中爬出来似的,用力摇了两三次头。

“教授,我可不是在胡言乱语。”

“我知道。”

“知道?知道什么?教授您说话也不负责任,和胜吕一样。”

“胜吕?”

“那个小说家的书您读过吗?”

“啊,你是指作家胜吕啊,前阵子我才和他一起演讲过。”

“您觉得他怎么样?是不是双重人格?”

“双重人格?”东野苦笑着,“这说法不太妥当吧,不过怎么了?”

“教授,一个人可能有两种不同的人格吗?”

“当然有。无论是谁,除了交际应酬的面孔之外还有真正属于自己的面孔,你也不例外。”

“不！我说的不是这意思,所谓双重人格指的是拥有两种极端不同人格的人吗？像胜吕,表面上以一副慈善面孔写小说,背地里却和女人做着不可告人的事。”

讲到这里小针一声不吭地把杯子推到女老板面前,又要了一杯水。

“我实地采访过了。总有一天我会把他的假面具剥下来……不过我想请教一下专家您的意见。”

“什么意见?”东野困惑地说,“把假面具剥下来什么的,你说得太偏激了。”

“他欺骗了许多读者。写作的人对社会也应该负起责任吧？现在是总理大臣也会被追究责任下台的时代了。以教授的眼光来看,胜吕的双重人格该怎么解释呢?”

“我不知道胜吕是双重人格。我并不认为他是双重人格啊。”

“那么一般的双重人格是怎么一回事呢?”

“一般嘛,人,并不像我们所想象的那样单纯。一个人的身上有着好多人的影子,这是我从工作中慢慢体会出来的。我也曾经碰过一般人根本无法相信的怪事。”

“无法相信的怪事?”

“那是很久以前的事了。那时我还年轻,有一位患者进入催眠状态后,突然说起中国话来。他说自己的前世是住在上海的中国商人。”

“骗人的吧?”

“不,是真的。然而,他的中国话听来像中国话,到底是不是正确就不知道了。当事人却一本正经地侃侃而谈自己的前世。”

“那是患者胡乱的想象吧!”

“不能这么武断的。外国也发生过很多类似的例子,调查之后,发现事实和所说的一样。”

女老板也停下菜刀,和小针一起听东野说。

“罗马有一个家庭主妇,在催眠状态中说,在现在的马利亚教堂有中世纪都市的遗迹,有地下室,而且很详细地描绘了地下室的样子。经过几年之后,请注意,是几年之后,在她所说的地方果然发现相同的地下室。”

“我真无法相信!”小针坐起来反驳说,“这不过是为了欺骗医生演的戏罢了。”

“这不是演戏也不是要把戏。”东野冷笑着喝了一口酒,“那个医生的报告附有充分证据的。”

“真有那种事呀?”女老板叹了一口气,“真令人发毛。”

“教授,一个人可能同时在两个不同的地方出现吗?”

小针突然插嘴,提出奇妙的问题。

“这是怎么回事?没头没脑的问题。”

“一个人可能同时在不同的地方出现吗?”

“这问题跟胜吕有关吗?”

“不……不过……怎么样呢?”

“这无法绝对否定。例子非常少,但还是有的。上一次我还跟一个人谈过呢……谈到二重身哪,在大正初期岩手县的一所小学,学生们在同一瞬间分别在两个地方看到同一位女老师。第一次是十三个学生看到在黑板上写字的女老师旁边,有一个长得一模一样的女性在做相同的动作。还有一次她在裁缝室时,室外又有另一个她站在花坛里……这是学生们看到的。”

“教授!不要再说这种可怕的故事了!”女老板颤抖着身子,“晚上会不敢上厕所的呀!”

“虽然有点可怕,但却是事实哦。”

东野对自己的话所引起的震撼似乎感到很愉快,看着两个人害怕的表情又喝了一口酒。

“这到底是怎么一回事呢?”

“这个嘛,还不太清楚。心灵学方面叫它‘灵魂出窍’,而我们心理学方面,只有解释成是对学生们做了集体催眠,不过也没有明确的证据。”

“真是不合理啊……”

“是呀!我从事这方面研究后,逐渐体悟到人真的是无法解释的奇怪动物,存在着各种自相矛盾,无法了解的深层问题……不管怎么探讨都探讨不完……或许你们会认为是怪谈,其实我现在说的都是事实。人的身上什么事都可能发生,这也是我们学者费了很大的功夫才明白的。”

当晚,小针觉得有点害怕,但是第二天早上,醒过来后一想,昨晚的事自己似乎是被骗了,心情也就随之舒畅起来了。他想东野所说的像怪谈的故事,可能是为了讽刺他和女老板而捏造出来的,要不然就是隐藏着什么圈套,让医生和目击者都上当了。

工作了一整天后,小针前往原宿的医院。他清楚记得从糸井素子身上查出的N夫人在六层楼建筑的那家医院里,和看来可能是护士长的护士亲切交谈的情景。心想或许这是一条线索。午后的医院空荡荡的。

在来宾登记的地方,小针说:

“对不起!她名字我忘记了。不过,这里有一位中年护士吧？大约五十岁的。”

正在交谈的三个女孩停下来,用警惕的眼光看他。

“她有点龅牙,就像这样子。”

他正经地张开嘴,做出龅牙的样子,女孩们都笑出来。

“那是小儿科的主任呀!”

女孩们告诉他搭电梯到四楼的小儿科,在那里的护士站问一下就知道了。

医院的空气里飘散着各种味道。有消毒水的味道、餐厅的饭菜味、患者的体臭。他对这里的痛苦气氛不感兴趣。

护士站有一位医生正在写东西,年轻的护士正在接听电话。这时他看到一位穿着围裙的女性,拿着病患的便盆走进秽物处理室。没错,就是那个女人。便盆里装有黄浊的液体。

一会儿,小针看见她走出来又走入最里面的病房。小针走进那间病房。

门开着。午后的阳光溜进走廊里。只听到她的声音,见不到影子,病房的名牌上写着内山茂。

“铜像的王子向燕子恳求。”隔着窗帘,小针听得到似乎是刚才那个女人的声音,“这条街上住着一位贫穷的母亲,靠针织度日。她的小孩发烧想吃橘子,但是她连买橘子的钱也没有。‘我取下剑上的宝石,你带去给她好吗?’燕子和同伴们本来打算回到温暖的地方,但是不忍拒绝王子的请求,就衔着剑上的宝石带到了母亲那里。母亲卖掉宝石,治好了小孩的病。”

“后来呢?”传来急于知道下文的男孩声音。

“第二天,燕子向王子辞行,王子请他在街上再留一晚。街上有位悲惨的青年,想为剧院写剧本,但是天气太冷了,他连买柴取暖的钱也没有。‘把我的眼睛带去送给那位不幸的青年吧,我的眼睛是珍贵的宝石做成的。’燕子回答说:‘我办不到。’王子就说:‘燕子呀!燕子呀!拜托你了。’燕子最后拗不过他,就取出王子的眼睛,送到青年的房间去。毫不知情的青年因此有钱买柴,也能写剧本了。”

在她讲童话的声音当中,偶尔夹杂着小孩发问或催促的撒娇声。小针对这两人的声音感到索然无趣。

“第二天,王子又请求燕子再留在街上一个晚上。街上有位可怜的卖火柴的女孩。‘把我剩下的一个眼睛带去给她吧!’燕子拒绝说:‘王子呀,这样的话,你不是什么都看不见了吗?’可是王子还是一直向燕子恳求。燕子没办法只得把王子剩下的一只眼睛衔去给卖火柴的少女。少女因此不用在寒天里站在街道上了。”

“后来那只燕子怎么样了?”

“朋友们都回到温暖的国度,只有那只燕子留了下来。因为它无法抛下王子。有一天晚上下大雪。雪中,燕子拍打着翅膀和寒冷对抗,它觉得自己的身体已经不行了。燕子费了好大的力气,总算爬到王子肩上,说:‘王子,再见了!王子,再见了……’”

之后,停了一下,女人教小孩祈祷。

“阿茂,跟着我说:‘神啊!请让我成为好孩子!’”

“神啊!请让我成为好孩子!”

“神啊!请对和我一样的小孩子们温柔,我也会对大家温柔。”

“神啊!请对和我一样的小孩子们温柔,我也会对大家温柔。”

“神啊!今夜请让我有一个甜美的梦。”

七

妻子专心地拉着三味线练习唱“长呗”①,连丈夫走入房间都不知道。胜吕心想:夫妇间总算能够有些闲情逸致,可以做些自己感兴趣的事了。

“这是什么歌呢?”

“《横笛》。”

妻子很少回答得这么简短。“香薰里人之袖兮,梅津之春风吹。”她又从头唱起。

他没有对话的对象,只得从房间的窗户望出庭院,虽已是三月,树上新芽犹稀。

“今年的冬天……好长啊。”

他感慨地自言自语,不是故意说给妻子听的。碰巧传入

① 一种配合三味线唱的词句长而高雅的歌。

停下三味线、正在系弦的她的耳中,她回答道:

“上年纪了呀。以后每年的冬天都会很长很难熬呀!”

“大概是吧。今天不出门吗?”

“昨天参加了义工的研习会,今天就不出去了。对了,昨天我第一次和成濑谈话了。”

三味线的弦又发出了尖锐的声音。胜吕吃了一惊,问道:

“谈了些什么?”

他没跟妻子提过在咖啡厅见面和请她吃饭的事。

“她告诉我了好多有关义工方面的事。”

胜吕点点头,松了一口气,妻子又说:

“成濑在小儿科病房照顾的小孩,听说手术成功了。她特别的高兴,她似乎每天都在看顾那个小孩。”

对糸井素子的死,夫人当然知道。她会是怎样的心情呢?自从那次之后她就一直没消息,大概是忙着照顾阿茂吧。可是尽管如此,也该有些音信吧。胜吕对不知何时开始产生的期待和她见面的心情有点吃惊。

偷瞄了一下又弹起三味线的妻子,小说家的习性让他马上分析自己为什么会有那种心情产生。原因很简单:因为他从未遇过,作品中也未曾描写过那样的女性,这种身上存在着矛盾的女性。既令人感到冷酷,却又温柔得让人以为是看错了人。他从未碰过那样的女性，而拿妻子和她相比较，他觉得这是对妻子的冒渎，赶紧打消这念头。在那一瞬间，他对能干的妻子心情感到沉重。

“啊，对了！蜜……”

他怕被妻子察觉到，于是在妻子背后想说森田蜜的事。可是精神完全集中在三味线上的妻子，似乎是没听见，继续拨弄琴弦。

（不要再见成濑夫人，不应该再见了。）

胜吕在书斋的桌上托着腮，对自己说。他也知道这只是说说而已，内心里却悄悄地在等待夫人的讯息……

一份小包裹寄来了。用褐色纸包扎得很整齐的小包裹上，没写寄件人姓名。打开一看，是一本书。那一瞬间，他知道是夫人寄来的。打开封面，里面夹着一封信。

“这是我爱读的一本书。因为现在已经买不到了，所以从我的藏书中拿来送给您，很抱歉。下星期三，六点您可以到表参道一家叫‘重良’的店来吗？上一次让您破费了，希望这次让我表示一下谢意。要是您不方便的话，请回信寄到左边的地址。我要是没收到您的回信，就表示您接受了我的邀约。那是家有点怪的店，但请您务必光临！”

胜吕像是第一次收到女孩来信的高中生般,将信看了又看。随着认识的时日增加,要避开她的心理,和对从未碰见过这种女人的好奇心在他心中交战着。可是,当他打开这封信的那一瞬间,他知道是好奇心胜出了。

那是中世纪残杀幼儿出名的吉尔·德·雷军人的传记。随意翻翻,到处都有用红色铅笔画的小圈圈记号。看到那红色记号,胜吕眼前又浮现出夫人阅读、思考的侧影,仿佛连声音都听得到。或许夫人担心自己想说的事无法明确地传达给胜吕,才把这本画有红色圆圈记号的书寄过来。在圆圈上有和信上的字一样很漂亮的读后感。宛如,她正圆睁着眼睛在对读到这里的胜吕大胆诉说着什么……

“激情是如何产生的呢?激情为何会产生如许的快感呢?我觉得激情背后隐藏着道德压抑不了的、无法说明的强大力量,我是在这种心情下读完这本书的……”

胜吕花了两天时间看完了它。吉尔·德·雷是圣女贞德的战友,书上说明:他想从残忍的行为中找出和贞德的宗教性的恍惚感相同的陶醉,为了达到恍惚的顶点,只有成为圣人或犯罪者。这是吉尔·德·雷看到贞德后悟出来的。

“爱伦·坡所说的激情和陀思妥耶夫斯基的看法是一样的。激情也会产生袭击小孩的冲动,博伊斯《被追赶的野兽》

中,就描写着小孩以捉住兔子挖它眼睛为乐的故事。无意间,温柔的、不喜纷争的吉登神父发现了小孩的残忍行为,感到愤怒和绝望,于是追赶小孩们。他抓住跑得慢的一位少女,撕裂她的衣服,殴打那少女。气愤之余,还把她压在身下掐住喉咙……最后,神父屈服于男人最丑恶的欲望,侵犯了少女。”

“爱伦·坡的短篇小说《黑猫》中也描绘了激情的轮廓。他不把那叫作激情,取名为背德之欲望。背德之欲望是无论谁都有的原始冲动之一。《黑猫》的主角说:背德之欲望是决定人的属性所不可欠缺的感情,它就和我生活在这个世上一样是确切和真实的。谁都有过明知道不可以做,却又做了的背德之行为的经验。无论具有何等高明的判断力,只因为它是大家非遵守不可的法律,而产生想触犯的欲望,这也是大家都有的,不是吗?我最后屈服在这背德之欲望下。逼迫我的是因为它是过错,所以我才产生想犯过错的欲望。”

桌上的时钟发出规律的嘀嗒声,台灯柔和的光线照在弯着背的他和书身上。壁上挂着几幅小画。其中一幅是上次访问日本的印度特蕾莎修女特别为日本作家胜吕写的:“主透过您的作品,祝福您。”

胜吕看着那像女学生写的规矩的笔迹,觉得自己离那祝福已然很远。我是小说家,非探讨人心深处不可的小说家,是纵使那人心深处有无法接受神祝福的因素，也仍然非探讨不可的小说家。他的眼前有一本描写一个人一生故事的书，吉尔·德·雷这个人……

吉尔·德·雷建造礼拜神的教会，尊敬神父；另一方面却把小孩诱入自己的城里，一个接一个地杀掉。第一个被杀害的是城里圣歌队队员的少年。他拥抱、爱抚这少年，突然他的爱抚变成充满血腥的激情。

“吉尔的城门前有一个少年乞丐乞讨。吉尔以可怜他错过了分发时间没得到东西的亲切借口，请少年乞丐入城。后来就再没看到过少年乞丐了。还有一个十三岁的少年，被带入城内当近侍。有一天，他回家告诉母亲好消息，他负责打扫男爵的房间，报酬是男爵专用的面包。惹人怜爱的他，竟把面包带回家。后来少年又回到城里，从此便杳无音信。”

要是以前他一定会感到厌恶，然而现在他兴趣盎然地读着，因为从字里行间，似乎听得到夫人在倾诉：

“激情是如何产生的呢？激情为何会产生如许的快感呢，我觉得激情背后隐藏着道德所压抑不了的，无法说明的强大力量……”

星期三傍晚，胜吕推开指定的‘重良’的玻璃门。或许是因为时间还早,只有看来像公司高级干部的二人,坐在柜台上喝酒。挥着菜刀的主人说,夫人已吩咐过了请胜吕到里面的位子等候。

过了约定时间的五分钟后,穿着浅褐色大衣,围着意大利围巾的夫人出现了。成斜对面而坐的两人喝着女服务生送来的茶,看着菜单,若无其事地闲聊。至于那本书,还有糸井素子的死,他们都只字未提。这时有四五个似乎是熟客的男女进来,不知是否认识夫人,对夫人点了点头,看到胜吕在旁,也有人露出了意外的眼光。点完菜之后,胜吕说:

“接下来呢?”

“接下来呢。”夫人脸上露出惯有的微笑。这似乎成了两人进入正题的暗号。

“书和信,”胜吕拿起酒壶将酒倒入她的杯子里,“我都已经收到了。”

“是吗。”

夫人好像手腕要接受打针的患者似的闭上眼睛。

“您知道糸井素子死去的事吗?”

“知道。”

“警察去过您那里吗?”

“没有。为什么会这么问?”

“我想或许会向您问些话。”

“她是自杀的,还留有遗书呀。”

“嗯,电视上的新闻报道也这么说。”

四五个客人和店主人之间,扬起开朗的笑声,夹杂着女服务生对着厨房说“再温三壶酒!”的声音。在这里谁也没留意胜吕和成濑夫人的交谈。

“您不喝酒吗?”

“不行,医生严禁我喝酒。您不必特别招呼我,我不会在意的。”

女服务生用浅蓝色盘子端来一盘切得薄薄的乌鱼子。

“乌鱼子是这里自制的。”夫人说明,“我先生也很喜欢吃。”

“您先生也到这家店来?”

“我们和老板在开这家店之前就认识了。”

“您知道吧?”他故意想挑起对方的话题,“素子自杀的事。”

“是的,我知道。”

温雅地伸出筷子,从浅蓝色盘子上夹起一片乌鱼子,送入嘴里。她的神色泰然。

“没办法阻止吗?”

“阻止不了。”

“为什么?”

笑声又起。大概没有一人知道角落里胜吕和夫人之间的交谈吧。那些人的谈话中交杂着“不利条件”“竞技会”等的字眼。

“仍然是因为激情的力量吗?”胜吕用好像谈论高尔夫的语调说,“还是您说的在半夜跳舞的洋娃娃呢?”

“嗯……”

“可以详细告诉我吗?”

“可以呀。”

夫人又伸出筷子。胜吕看夫人把东西送到嘴边的筷子的动作,很好吃似的慢慢嚼动的嘴唇。他感到一阵晕眩之后,夫人开始说了。

“她经常说希望这样死掉。还听说不只是对我,对她的朋友们也这么说。刚开始我还以为是开玩笑的,因为会有很多人在游戏中说类似的胡话。她好几次对我预告说明年要死。我回答她那就照她的意愿来吧。元旦跟她在饭店见面,那时我问她,今年真的要死吗?”

夫人宛如传递着彼此都已知道的讯息般淡淡地说。胜吕想起上次在医院看见她时的疲惫倦容。

“我说说那天跟她在一起时的情形吧。我们两人在代代木的饭店过除夕夜。电视上红白歌合战节目完了之后，把频道转到没啥内容的无聊节目。在电视的声音中，她叫了好多次杀死我吧。我说那么今年冬天就去死吧，她就跟我约定好了要去死。”

“您说的是真心话？”

“一半是真的。事实上我很想知道，夹在书里的信上也说了。心里存在着超越理智的力量，这力量会转变为激情，转变为对道德的违背。而这强烈的力量是道德等压抑不了的，它把我们拉到深渊的底部。然而死亡时会如何呢？沉溺于这力量中，死亡时是否也有快感呢？素子想尝试看看。”

“所以您就没有阻止她？”

“是的。”

女服务生送来小钵时，两人静下来，等女服务生离去。夫人把河豚的薄切片送到嘴里。在她的嘴唇微微开合之间，薄切片宛如被花瓣吸进去的虫似的消失了。之后，脸颊动着，夫人慢慢地享受河豚的滋味。胜吕似乎也感受到夫人的愉悦。

“一个人喝酒好没意思。”她喝干杯中的酒，“您真的不喝吗？您跟您写的东西一样，真是胆小！”

夫人不知是不是醉了，高雅的谈吐不见了，代之而起的是挑逗的语气。

“医生说了……”

“医生又怎么样？不是没事嘛。”

胜吕无法只得递出杯子。

“我喝，但是您也要告诉我，她死前有没有跟您联络？”

“有呀。”

夫人好像早就等着他的问题似的微笑。

“您还记得吗？我给您打电话的三天前的夜晚，跟她讲了很久的电话。她说要是死后可以转生，下一辈子两人还可以再见吧。我们谈论轮回、转世一直到深夜。我跟她说茂动手术的事，嘱托说她要是想去死，那就请让茂活下去吧。电话要挂断时，她说自己明天傍晚要去死。”

“那么你是连她哪一天要死都知道了？”

“是的。”

“尽管如此你也没有阻止她。”胜吕又重复了一遍刚才的话，“就让她那样去了。”

“她因此而感到愉悦，她觉得活得有意义的并不是每日的生活，也不是以街头画像者的身份等待客人来，而是只有委身于那种冲动时，她才真正感到快乐。假如沉溺在漩涡中死去是她唯一的愉悦，是唯一有意义的事的话，我又怎么阻止得了？本来那天傍晚，我还到她住的附近去了。”

“去了，为什么？”

“因为战胜不了诱惑呀。知道素子马上就要死了，我想在附近充分感受那气氛。我在她住的附近一家小咖啡厅，叫了一杯红茶，坐了大约两个小时。有三个像工人似的男人在玩游戏机。小货车载蔬菜来卖时，窗外附近的主妇们聚集了过来。冬天的天空窥视着建筑物的空隙。我记得很清楚，瞄了好几次手表，已经四点、四点半、五点了……想象着她现在正在自杀，正在自杀。那时，眼前已经好久没出现的被火吞噬的小屋又出现了。听得到女人和小孩的声音，也感受得到烟味和烧焦味。当我恢复正常意识时夜幕已低垂……站起来走出咖啡厅。那一瞬间我确定糸井素子已照约定在享受快感中死去。”

夫人说到这里停住，胜吕放下筷子也陷入沉默。现在任何言语也说明不了她的心理，不，说明不了她内心深处的可怕的东西。可怕的东西，隐藏在每一个人心中的可怕东西。身为小说家的他，究竟要赋予这件事何种意义呢？要如何解释呢？除了沉默外别无他法。他所能说的是：现在耳中所听到的一切是恶的故事，而不是他小说中所写的罪的故事，这是恶的故事。

“等一下给您上鱼白好吗?”

女服务生来问。

“您喜欢鱼白吗?”

“我……”胜吕很疲倦地摇摇头,真的很累,“已经够了。”

他想回到妻子的身边,即使那是偶尔会感到痛苦的家。

“我想起来了。您的肖像画,她给了我,作为遗物。”

“那不是我的肖像画。”

“啊!是的,是假冒您的……”

夫人笑着点点头,向女服务生点了甜点。

“您想见见假冒您的人吗?”

“啊?”胜吕吃了一惊,不由得大声地叫了出来,“怎么回事?”

“是素子将他介绍给了我。我一直没有告诉您。”

“那家伙是做什么的?”

“直接问他本人好了。因为您一直都是只听故事,而不采取行动的。连酒也不喝的人,不敢写到最后的人,不会让自己受伤的人……逃避的人。”

夫人虽然脸上笑着,但是胜吕从她大胆的眼中,清楚感觉到有着和以往不同的带有挑战意味的情感。

“可以让我和他见面吗?”他用嘶哑的声音拜托夫人。

“那么下星期五,您有空吗?”

“下星期五是十三号吗?”

“是的……对您来说是不吉利的日子吧。基督教徒当它是耶稣逝世的日子。”

“传说是这样的。”

“那一天请您到这里来。或许可以遇见他。”

她打开手提包,拿出银色圆珠笔,在放酒杯的垫子上画出地图。

“我在这里等您。”

八

胜吕开完笔会的理事会后，加纳要他在开会的T会馆的二楼等着。那里有供应咖啡和红茶的咖啡厅，可以看到皇宫外的护城河。天正下着雨，他注视着雨雾中的护城河，想起初冬颁奖日发生的事，和今天一样，皇宫的石墙也是湿湿的，那天那个男人出现，然后……跟那个男人对决的日子已接近。讨论完事情之后的加纳，带着浮肿而疲惫的脸走近，用右手拍自己的肩说：

“老了！老了！真是岁月不饶人！”自言自语似的，“笔会对山岸先生的死也不能不表示点意思。”

加纳告诉胜吕有关两天前猝死的前辈批评家的葬礼的事，虽说是前辈，事实上和加纳、胜吕不过是五岁之差。

“下次就轮到我们了。”加纳满脸忧郁似的，“以前曾被小林秀雄先生问过我有没有开始做死的准备……我回答我只写下这些东西,还没留下死而无憾的作品。”

“这……谁都一样。经常想着下一部作品、下一部作品会是自己的唯一代表作。”

“可是你跟我不一样……你一直踏实地建立你自己的世界,忘了是出版社的哪一位先生曾说过,只要是胜吕的小说就一定会看的读者有一万人之多。”

“有那么多吗?”

“是的,有呀。因此必须好好珍惜读者对你的印象。你纵然不愿意,也要爱惜那世界……”

加纳静静地说着,突然把视线转向窗外。

“你真的没有出入不正当场所吗?”

胜吕这时才会过意来,原来加纳要说的是这件事。

“以前你曾忠告过我的。我没有出入那种场所。”

“真的吗?”

“是真的。”

“我相信你。可是,深夜你和女人走出赤坂宾馆的谣言逐渐传开,这也是事实啊!要是照片被《焦点》或《阎魔》那样的杂志登出来的话……”

“我没去过。不过……”

胜吕只讲了不过两字,以下的话就吞下去了。

“不过什么?”

“没什么。”

“要小心曾来访问过我的那个采访记者,那家伙很难缠的。”

加纳默默地注视着不久送来的红茶,伸出手想拿账单,胜吕看到,挡住他的手,点点头先行离去。胜吕的背影和以前不同,似乎极为疲倦。

今天难得很温暖,胜吕和来打扫写作坊的妻子出去散步。最近天气寒冷,妻子的关节疼痛,所以好久没一起散步了。在斜坡上他护着她慢慢地走。

“有一阵子没散步了,走起来上气不接下气的。”

妻子坐在板凳上,呼吸有点困难。

“这是不习惯的问题。关节炎是不会死人的。等到天气暖和就会舒服些的。”

他知道自己和妻子谁会先死。当然是老早肝脏就不好,已成老毛病的他,肺也只剩下一边。每个月医生从他的手抽血后,都一再重复叮咛他工作不要太勉强。

“九州之旅好开心啊!”

妻子放心似的望了一阵远空,想起来似的说:

“那个神父现在怎么样了?”

他知道妻子自从回来之后，经常在心里回味、咀嚼长崎的旅行。对老夫妇而言，这也确是幸福的回忆之一……

“我在睡觉前自然而然想起那位神父的人生，精神上乏味的人就是这样。”

“某种意义上你也是精神上乏味的人。”

“这是讽刺？”

“不是的，跟你相比……”

说到这里他没再接下去，跟昨天和加纳谈话时一样，讲了一半就吞下去……跟你相比，我不是精神上乏味的人。我并不是你了解的我，还有没跟你说的秘密。有一个和我一模一样的男人，最近我要和他见面的事，你也不知道。那个男的下贱、丑陋……

“你……是不是有什么话想要和我说？”

突然，妻子的脸转向他。那表情显露出不安。

“怎么了？有什么事吗？”

看着妻子满是皱纹的眼帘，胜吕不愿让这眼帘为泪水沾湿。何况两人剩下的人生并不那么长了……

“放心吧。”

胜吕的声音如同告解室的神父，然后急忙改变话题。

“对了，蜜她既然把钱还了……要不然让她再来工读怎么样?"

"我也这么想过。后来打电话给她,她说已经有别的工读机会了。"

"工作好吗?"

"成濑小姐……不知什么时候在医院里认识了那孩子,要她一个星期到医院两次。这样的话,对那孩子也好……一定可以学到好多东西……"

"蜜已经答应了吗?"

胜吕不由得语气变强。

"听说是的。怎么了?"

"没什么……好可惜呀!我也很喜欢那孩子……"

他忘不了把湿毛巾放在他发烧额头上的那少女的影子,还有毛衣上灰尘的味道,以及那讨人喜欢的龇牙一笑……

虽然心里告诉自己不必在意,但是和成濑夫人的约定仍然像甲烷气泡似的浮到心上来。距离她说的"见见假冒您的人"的日子只剩下三天。

无论如何要同自己一模一样的男人见面不可的心情,一天天地逐渐转变为不想见面的厌恶感。首先,即使追究到底,那个男人可能会像往常一样浮现出轻视的微笑提出辩解,或者是托辞支吾吧。不过,至少得要他以后不要再自称是胜吕了,可是又没有禁止他行动的权力。这么一来,又怎么证明出入不良场所的那个男人不是自己呢?

还有为什么那个男人会突然在今年冬天出现呢?在这之前那个男人藏在哪里?自从男人出现之后,支撑着胜吕文学的支柱就出现了裂痕。不只是文学,连生活也有了缺口。男人对胜吕而言宛如会带来不祥的象征。这时他想起托马斯·曼《威尼斯之死》的老人,为了和一位美少年见面,失去了人生的一切。那老人是多大年纪呢?和他一样超过六十五岁了吧?

长久以来,胜吕知道有一天神会突然让他遭受打击,可是没想到到了这年龄,好不容易才建立起自己的世界时,神会这样对待他。

傍晚来临。

在写作室弯着腰坐在椅子上,客厅的电话铃响了。胜吕想跟往常一样不去理它,但是那铃声却好像是向他的意志挑衅似的一直响个不停。

电话铃声停了。刚松了一口气,又再响起来。他还是没站起来,继续他的工作,电话又再响了,实在忍耐不住,于是他拿起听筒。

“喂？喂？”

从听筒里传来栗本低沉的声音。

“没人接电话,我还以为您不在家呢……加纳先生倒了,已经送到医院去了……”

栗本没再说下去。

刚听电话时胜吕极为愤怒,心想恶作剧也要适可而止。不过,回头一想栗本并不是会恶作剧的人。

“事情太突然了,临终时只有 N 子小姐在身旁。”

N 子小姐是五年前加纳的太太去世后,照顾加纳生活起居的女性,她本来经营饮食店,是加纳的小说迷,不知何时变成了这种关系。不过,即使是对胜吕这样的多年老友,加纳也不愿谈她的事。

“大约三十分钟前说胸口疼痛……医生急救时就走了。”

“知道了,我马上去。是哪一家医院?”

“附近的大森医院。不过,遗体马上就会运回家,所以您还是到他家的好。”

胜吕急忙准备,叫了无线电传呼出租车,直奔加纳的住处。

五天前,笔会理事会后,在 T 会馆和胜吕对面而坐、满脸倦容的加纳又浮现在眼前。跟平常开朗的样子不同,看起来阴郁、不快乐而且浮肿的脸,是否就是死亡的前兆呢?他是因什么而劳累呢?他想到在文坛上善于交际的加纳的生活。加纳必定会出席理事会,经常和年轻的编辑喝到三更半夜。大家都认为他是爽朗的作家。不过,他的小说也表现出他神经质、讨厌与人来往的个性。实际上,只有多年的老友才了解到这一点。

从出租车的窗户看傍晚的街景,跟往常没有什么两样。灰色的天空,路上卡车和公交车在奔驰,电器行前面年轻的店员搬着纸箱,水果行前的橘子发出亮光。加纳虽然死了,可是现实丝毫未变。胜吕和刚才一样对此感到愤怒,但是对加纳的死,自己还没有实感。这让他觉得烦躁。

接近加纳的家,在住宅街的小路前端,穿着黑色西装的编辑们设了一张接待台,和先赶到的前辈濑木氏等交谈着。胜吕和认识的前辈们打过招呼后,栗本带他进入客厅。电灯之所以看来极为耀眼,可能是由于白色棺木的反射和摆在后面的明亮菊花造成的吧。N子小姐抬起眼睛哭得红肿的脸,小声说请瞻仰加纳的遗容。棺中加纳的遗容变成像蜡作的颜色,眉间隐隐残留着痛苦的阴影。胜吕对人生已完结的老友遗容端详了好一阵子,让遗容永记心头。

(……在那边……还可以再见面。)他在心中嘟囔着。(好歹在这世上,你和我都活过,也写过东西。)

这时胜吕才真正感觉到加纳是真的死了。胸口一阵难过,眼泪扑簌簌地掉下。不久,吊问的客人增多,在排列着为守灵人准备的夜餐的别室里,以前一同从事文学的伙伴斯波也在其中。斯波对想成为评论家的愿望已死了心,在女子短期大学当老师,变得很朴素,以前的锐气已经消失无影。

斯波把啤酒倒入杯中,沉痛地说:

“我心想距离那一天还早得很,没想到加纳先生走了,一下子死亡好像已迫近眼前……”

胜吕也点点头。

“是啊。我们这一群,也要一个一个地走了。”

这时坐在前座的前辈濑木氏苦笑着自言自语地说:

“接下来……大概要轮到我了。”

胜吕安慰了一下N子小姐,又瞻仰一次加纳的遗容,告辞时已是深夜。出租车老等不来。他没想到加纳的死会让自己这么沉痛。

医生看完检查表转过身时发出“吱——”的声音,这声音比往常更让胜吕感到不安。

“GPT是205,GOT也高达188。我劝您还是入院的好……

再这样置之不理，可能会急速恶化的。”

胜吕看了一眼医生放在桌上的细长检查表，奇怪的是他对医生的话没什么特别的感受。只是心里涌起自己也在逐渐接近加纳已先去的世界的感慨，这就是老年啊……

“我……现在没办法入院。”

“可是……”

“我会尽可能保持静养的。至于是否入院，看下次的检查值再决定好了。”

“肝脏在病入膏肓之前，既不痛也不痒。最后等到腹部积水时就会变成肝硬化了。在这之前非控制住不可。”

“我知道了。”

他同意医生的说法，可是就是拒不入院。

胜吕搭地铁回家，坐在角落的位子，双手手指交叉置于膝上，漫不经心地浏览车内的广告。老夫妇专用的公寓广告，夹在结婚礼场和周刊杂志的广告之间，出演老夫妇的是胜吕从少年时代就认识的男女演员，在两人装出来的笑容上，大大地印着“美好的老年”五个字。胜吕在嘴里笨拙地念着这五个字“美好的老年”，可是心里想的是从颁奖日起他就体会到老年是丑恶的、散发出腐臭味的，哪里美好呢？就像是阴暗的梦。所谓老年是已经藏了很久的东西，在从死亡处吹来的风中，现出原形。胜吕闭上眼。

回到写作坊,妻子已来打扫。

“怎么样?”

“检查的事?正常值,医生说不用担心。”

“太好了!”妻子打从心底放心似的说,“我从早上起一直担心着。”

胜吕松了一口气,总算消除了妻子的不安。

加纳的告别会在芝町的青眼寺举行。胜吕在用菊花装饰的祭坛中摆着的故人遗像前,代表友人致悼词,那是早上花了约两小时写成的。胜吕想起初冬在颁奖仪式中很精辟地阐明他文学的加纳,回忆与他的友情。他写着:

“有关故人的一生与文学,一言以蔽之,是不迎合世俗的文学。加纳的作品不取悦读者,也不迎合时代,他只是把非写不可的东西写下来而已,他的写作是很任性的,而这种任性也表现在他的生活方式上。”

告别会结束后,走出大殿,离开有穿着丧服的男女走着的庭院时,他发现远远的有一个男人靠在灯笼座上注视着他,那是小针。他走过来说:

“我可以跟你谈一下吗?”

胜吕没直接回答,但做出答应的样子。

“上个月,有一天晚上东京被浓雾笼罩,你记得吗?”

“浓雾?”

“是的。报上说是三十年来的大浓雾。”

“那跟我有什么关系呢?”

“那一天晚上胜吕先生有外出吗?”

胜吕不理小针要走开时,对方挡在前面。

“在代代木旅馆前的人行道上我们两人碰过面,后来你急忙逃往附近的岔路。”

胜吕没说话走出寺庙的正门。在那里协助葬礼的出版社的人帮他叫了车子,小针没再追过来。

坐上出版社安排的轿车后,胜吕想起那个男子所说的代代木旅馆,赶快取出纸夹,拿出装在里面的小纸条。那是上一次在“重良”吃饭时,成濑夫人亲手递给他的纸条。纸条上面用很漂亮的字清楚地写着代代木。

小针说浓雾的那天在那家旅馆前碰到自己。那天晚上他确实外出过。并不是有什么特别的目的,只是想在连方向都分辨不清的浓雾中,到公园里漫步。走着走着,他觉得眼前的情景很像老年的自己。在清澄透彻、充满自信的这一辈子的终点,竟有一只污秽的手搅局,把胜吕的老年搅得像雾的世界般混浊。

(我受够了!)

胜吕又是一阵气愤。小针这个采访记者始终纠缠不休,而假的那个男人又为什么顽固地一再出现呢?

(已经受够了! 这次要做个了结。)

明天是夫人准备告诉他真相的星期五。虽然也犹豫了好一阵子,到底去呢,还是不去? 不过这时候他已下定决心,这次非见见那个男人不可。

星期五。

前天晚上,电视报道或许会下雪。虽然气象报告经常不准,不过,这次的确冷得似乎会让妻子的关节发痛。

前一天,他睡在写作坊,一大早就醒过来。闭上眼睛想再睡回笼觉,但老是睡不着。

下了床来,心情很烦躁,胜吕脸也没洗就躲入作为避难所的书斋。桌上,昨天乱涂的纸条仍散在那儿:“掩盖的东西没有不露出来的,隐藏的事没有不被知道的。”“汝之手,倘使汝跌倒,可将之切掉抛弃。”

他到厨房,把水倒入咖啡壶,把插头插入插座里。盥洗完毕,喝热咖啡,打电话给妻子。

“关节痛吗?”

“是呀,我很小心一直用温湿毛巾敷着。今天是星期五,等一下要上教堂。”

“这里的事不用担心。我要和杂志社的人一起吃饭。”

胜吕希望今天能不断有客人来访。要是编辑接连着来,便可以没时间胡思乱想。看了一下预定表,知道今天早上栗本会来。

栗本来的目的是希望决定下一部长篇小说的计划。胜吕回答需要一年的准备时间。

“为什么呢?”

正经的栗本露出不解的眼神。

“我已经是这把年纪了。不想写同样题材的作品……此外……还有一些心事……”

“什么心事?”

“有人想摧毁我建立的文学世界,看看它是不是会瓦解掉。”

栗本歪斜着头。

“加纳死前告诉我,有关我的谣传还在扩散。”

“没那种事吧。真正的读者应该知道您不是那样的人。”

“真正的读者?”

“譬如有一次您见到的在复健中心工作的青年。不过,您的世界要是真的瓦解了,您要怎么办呢?”

胜吕苦笑,“那也是没办法”的话已冲到喉咙。

“到开始动笔写,至少需要一两年的时间,题目就定为‘丑闻’,抑或是‘老人的祈祷’……”

栗本回去后,胜吕靠在窗上,远望涩谷和新宿西边的大厦。街上阴森沉静,虽然已是三月中旬,不过下午如果真的下起雪来也不奇怪。

为了排遣郁闷的心情,翻翻外国作家的作品,可是无论是文字或形象都看不进心里。胜吕自己也明白这并不是作品的错,眼睛只是一个字接一个字地掠过而已。

(不管它,反正这样的作品跟我没关系。)

其实,这勉强说出的喃喃自语不过是谎言,他自己也明白整个心早已飞到成濑夫人告诉他的旅馆那里去了。

他感到脚底发冷。于是关上窗帘,窗外已是一片漆黑。往常这时候他正要收拾东西准备回到妻子等着的家,不过今天已经跟妻子说好要和杂志社的人一起吃饭。

下出租车时,雪掠过脸颊落在雨衣的手腕处,胜吕站在旅馆前,心里犹豫着,雪猛飘落在他的四周。

从门的两侧到停车场为止,喜马拉雅杉黑黑地并列着如整队的士兵。玄关的光线泄出来，在雪花飘落的入口附近，形成亮光。这里与其说是旅馆，其实更像大户人家的宅邸，背后低级旅馆的霓虹灯闪烁着刺眼的颜色，这一带都是此类场所。

奇妙的是，这家旅馆他以前似乎曾经看过，不只是看过而已，好像还进去过，这情形就跟面对着新的风景，有时感觉似曾相识一样。然而自己为什么会对这旅馆有印象呢？

胜吕站到入口处，听得到快速的打字声。有一个三十几岁穿着黑色上衣的男子面对前方。胜吕望着越下越大的雪花，等候着男子意识到自己的存在。在入口的光线中，雪花纷飞。

“欢迎光临……”

男人看到胜吕停止打字。

“一位姓成濑的太太，”胜吕掩饰自己的难为情，“应该已经来了吧。”

“是的。”

好像经过训练似的，男人脸上突然没什么表情，有如背诵似的说：

“请搭电梯到三楼。她在308号室。就在走廊的尽头。”

胜吕通过摆设得像沙龙的空间，进入电梯里。从柜台望着自己的男子，在胜吕眼中突然变成在复健中心工作的那个自称是自己书迷的年轻读者。

电梯经过二楼，缓缓地停在三楼。满是灰尘的地毯味道扑鼻而来，他走向走廊。

一片寂静。

在走廊里，走过306、307，看到了308号室，敲敲门。

“房间没上锁。”

夫人在里面等着他。她穿着喀什米尔毛衣，斜坐在长椅上抽烟。毛衣上银胸针闪闪发光。胜吕第一次看到她抽烟。

“我想您一定会来的。”

她熄掉烟站起来，胜吕心想总要回答她点什么。

“是的，我是来见冒牌货的。”

声音嘶哑。

“要不要先瞄一下隔壁的房间？”

她马上告诉胜吕心里想知道的事。

“这是个套房？”

夫人稍稍竖起手指指着进入邻室的门。这间308号室连着卧室。

推开卧室的门一看，有一张大床。床上面有一个穿着毛衣、牛仔裤，看来像木偶似的东西趴着。头发已脏，脸上稚气犹存，中学生森田蜜正熟睡着。

“这是怎么一回事？这孩子为什么会在这里？”

胜吕的声音充满着惊讶，他感到自己已落在夫人的圈套中。

“你不是说要让我和那个男人见面吗？”

“是呀！他应该很快就会来的。”

“在这之前先让蜜回去，请让她回去吧。”

夫人微笑着一直注视着他，那微笑中掺杂着安慰和恶作剧，好像在对小孩说：你不是在说傻话吗？

“那孩子在这里喝了酒。她喝得很有趣，照现在的情况来看是回不了的。”

“你们在这里做什么？”

“没做什么。看电视、唱唱歌……说我少女时代的故事，等您来。”

“为什么带蜜来呢？”

他激动得声音都变沙哑，责备夫人。

“她外表看来像大人，其实还是小孩，什么也不懂。个性很好。这孩子的个性是看到别人有困难，即使自己吃亏也无所谓，很讨人喜欢……对你一点警戒心都没有。”

“我知道。”夫人微笑点点头，“在医院里好几次看到那孩子尽力照顾年老病患。”

“我发烧时她也整晚看护着。”

他眼前又浮现出那一天晚上,蜜把手放在他额头上,龇牙一笑的表情。

“不过,”夫人正经地问,“我们对讨人喜欢的人会不会产生爱情呢？对天真的人除了好感之外,难道就不会有别的感情吗？您是小说家,我想您会了解。”

突然,夫人的脸上哀伤的表情扩散开来。

“我认为人心并不是那么单纯……您对蜜的感情就只有好感和同情吗?”

夫人的话一语中的,胜吕有点狼狈地说:

“您是为了证明这一点,所以才把我叫来?”

“我先生很善良,但是被他抛弃的女人不知有几个。无论是谁都会有因对方天真、太善良,反而产生想伤害对方的心理吧?”夫人挑战似的说,“我可以问您一个问题吗?”

“您想问的问题……其实不必说,我已经知道了。”

胜吕故意想回避这问题,但是夫人并未因此作罢。

“您信仰的那个耶稣之所以被杀死……事实上,不就是因为他太纯洁、无垢吗?”

“您想说什么?”

“群众不是在耶稣满身是血、背负着十字架去往刑场时,骂他、丢他石头吗？您不认为那就是我多次向您说过的快感的作祟吗？看到眼前有纯洁、无垢的人在痛苦着，那时让对方更痛苦的快感就会现身控制群众的一切，这种看法不对吗？因为耶稣真的太纯洁了……纯洁到我们都想破坏……这种心理是每一个人都有的，隐藏在内心深处……可是谁都不愿正眼瞧它。长久以来您不也是这样吗？说到您的小说……您只写背叛耶稣，结果鸡鸣二次后就流下后悔的眼泪的男子……至于向耶稣丢石头，沉醉于快感的群众，您不是绝对避开不提吗？……"

"小说家也有他无论如何不想写的世界。"

"您在回避话题呀！"

夫人大胆的眼睛睁得更大。然后看不起胜吕似的。

"今天是星期五，很偶然的是耶稣被处死刑的日子。是群众向耶稣丢石头的日子。所以我故意请您来这里……"她笑了几声，"很抱歉，不过我是诚心的。"

"总之，您说可以让我见到那个男人，您欺骗我。"

"马上就可以见到的。"

夫人若无其事地说。

"在哪里？"

"在隔壁的房间。"

他准备到邻室去。

“现在不可以去,他讨厌随便闯入的人。”

夫人遮拦着。

“到那里。”

她举起手指着卧室对面的门。

“那里有吊着洋装的衣橱吧,衣橱里有一个窥视孔可以看到隔壁卧室。”

“窥视孔?”

“新宿地区不正流行吗?这家旅馆的会员中也有人希望做同样的娱乐……从那里可以看到他。”

“到底他要对蜜做出什么事?”

“我想您会把对那少女的感情完全表露出来……”夫人静静地回答。

“开什么玩笑?我对那个孩子没有什么特别的感情。”

“表面上是这样的。可是在您的意识里……”

“我对她没有什么不良的企图……”

“可是,企图不只限于性呀!有各色各样的企图。”

“那是什么企图?”

“您看了就会了解的。”夫人刺激着胜吕的好奇心。

混乱的心情使他感到困惑。一方面心想非带蜜回去不可，可是另一方面自己也想确认一下夫人所说的无意识中自己对这少女的感情。

“不喝不行哟！”

夫人突然喃喃自语。她站起来打开酒柜，里面有白色的小型冷藏库，上面的架子上排列着小瓶洋酒。

“我来调鸡尾酒。”

“我不喝。”

胜吕强硬拒绝。他不想再答应夫人的邀请。

“不能害怕呀！”

她早就把酒杯和摇酒器放在冷藏库冷冻。夫人把琥珀色的液体倒入酒杯，放在他眼前。

“这又不是毒药。把它当成是可以带领您到另一个世界的药好了。”

胜吕一直注视着那液体。夫人不知去拿什么东西不见了。抬起头来看外面，雪静静地下着。他伸出手把酒杯拿到嘴边，一股扑鼻的香气！长久以来禁酒的他咳嗽了。但是，突然产生作贱自己似的冲动，动摇了他的心。发出“吱——”的医生的椅子，告诉他 GOT、GPT 数值的声音，胜吕愤怒地一口气喝干了酒杯中的液体。

暖流从喉咙扩散到胸口。随着暖流的扩散，感觉好像把他带到完全不同次元的世界里。他要带蜜回去的念头逐渐减弱。

(带她回去。)胜吕拼命地对自己说。(带她回去。)

自我鼓励似的从沙发上站起来走向邻室,他感到脚步有点不稳。应该走向门去,但是有一种超越他意志的东西,让他转向成濑夫人告诉他的洋装壁橱。

(看一下。)他嘟囔着。(只要偷瞄一下,然后安心带蜜回去。)

在挂着几个衣架的壁橱里,有一个要是不仔细看就发现不到的圆形小孔。胜吕拨开衣架把眼睛附在小孔上。虽然那是写下《基督传》和《使者》的他,但是姿势和在歌舞伎町的窥视屋里做出下贱姿态的男人并无两样。

孔上嵌着特别的镜头,转动围住小孔的黑圈,可以看到卧室的每一个角落。床铺附近扩大得像是脸贴近似的,连窃听器的耳机都装上去了。镜头的焦点不准,刚开始只看到白色块状物放置在床铺上,等调好焦点一看原来是仰卧着、不知什么时候穿脏了的毛衣和洗得褪色的牛仔裤和内衣裤都被脱掉的蜜,但还睡得很熟。把内衣裤脱掉的是蜜自己呢,还是夫人?

旁边台灯柔和的光线照射在像小孩的睡脸上。看到这情形胜吕胸口一阵疼痛。少女的肉体不如梦中看到的那么美，大腿就跟现代少女一样浑圆，可是脚又短又丑。不过，在台灯灯光下，尚未成熟的乳房和尖端的褐色奶头极为耀眼。那是成为女人之前的还有点青涩的乳房。腹部没有脂肪，小小的肚脐有如小沙豆的流线，在深处形成稀疏的阴影。一直瞪着褐色的奶头和看来硬挺的乳房，胜吕宛如看到、嗅到春初树林的颜色和味道。那是只吐出嫩芽，还没长出叶子的杂树林味道，是生命的芬芳。

虽然从蜜的裸体上，感受不到性和“女人”的味道，但也不是小孩的身体。那是只要再过半年，就会成为圆浑、柔软的成熟“女人”之前的肉体。已脏的头发覆在额头上，毫不知情睡着的脸上，尚残留着小孩的幼稚、天真。

把眼睛附在小孔上，经过了相当久的时间，成濑夫人的影子不见了，当然也没看到那个男人，夫人或许想让胜吕的眼睛饱尝蜜的肉体。

看着少女的裸体，他想起他这把年龄丧失的一切：如齿轮已用旧到磨损的内脏，医生说的已开始变硬的肝脏，受到岁月长久腐蚀的脸。如加纳已死般，自己离开这世界的日子也不远了；但是在这天真的睡脸和尚未完全成熟的乳房上，却存在着未来。胜吕心想要是把脸凑近那硬挺的乳房，一定可以嗅到苹果般的芬芳，那是在成熟女人——但同时也隐藏着衰老阴影——的乳房上，绝对闻不到的香味。胜吕有一股冲动想尽兴地吸那香味，只要吸那香味，这老朽的心灵和体力就会恢复过来。

胜吕听到某处传来音乐，那是莫扎特的钢琴协奏曲，要是能够再活一次，希望能再一次享受那样的音乐。现在流窜在他心底的不是往常的平静而是死亡的气息。在这时，他突然想起和妻子旅行的岛原半岛，圆形山丘和照在峡湾的冬阳，以及眼神柔和的老神父的笑脸。要是那神父的话，即使看到蜜的身体大概也不会像自己一样感到嫉妒吧，他确信自己将回到更伟大的生命当中。

夫人出现在隔壁的浴室。不知她是否知道胜吕正从窥视孔看着这边，她完全置之不理地坐在蜜的床旁，开始轻轻抚摸蜜的头发，像母亲帮女儿梳理头发般小心地移动手指……蜜像从睡梦中醒来，迷糊地看着夫人，认出是谁时，蜜笑了出来，那是混合着善良与愚蠢的笑……夫人说话了，可是胜吕听不清楚。他急忙把挂在壁上的窃听器塞入耳中，开大音量。

“你真的醉了，睡了好久。”

夫人像在医院看小孩时那样，以充满慈爱的微笑对着蜜。

“想睡的话,就尽管睡吧,睡到什么时候都没关系呀。”

蜜发现自己光溜溜时,把双腿弓起来。

“是我帮你脱掉的。酒醉时不穿衣服才舒服。什么都不用担心……把我当成妈妈好了。”

缓慢而单调地抚摸头发的动作仍继续着。夫人纤细的手指轻揉蜜的头,少女闭上眼睛。

“对,就是这样闭上眼睛……会渐渐平静下来的。感觉像是从很长的滑梯滑下,很舒服地滑下去,从滑梯舒舒服服地滑下去……”

胜吕屏住呼吸。以相同的声调重复同样的话,这行为和催眠极为相似。

事实上,蜜小小的头已不再动了。像被蜘蛛黏住的小虫挣扎到力竭不动时一样,少女静静地躺着。

夫人看了这边一眼,好像是说所有的准备已完成了。她也曾经向胜吕说:“和糸井素子,我们也是这样开始的。”

胜吕因酒精作祟和从窥视孔看到了异样光景,感到茫然。

在如梦似幻的状况当中,不知何时夫人不见了,令他大吃一惊的是,有一个男人压在蜜的身上。男人的背部,在肩胛骨下,半月形的大伤痕还残留着红线。那是以前动过胸部手术的胜吕的背部。

他。如夫人所说的，他出现在这卧室里，注视着蜜的身体。

“是胜吕先生啊。”

蜜微微睁开眼睛，发出慵懒的声音。

“怎么了？”

尚未完全从催眠状态醒过来的她，似乎还不清楚为什么会有男人俯视她。

男人用手掌不停揉蜜圆锥形的乳房，他透过手掌慢慢地享受少女乳房的柔软和弹性。手掌更从乳房往下移，在像薄暮时分暗影的下腹部徘徊，不久很疼爱似的把脸贴在呈细线状的肚脐上。

“啊！”胜吕不由得发出声音来。

男人体会到的感觉直接传给胜吕。和自己一模一样的脸接近少女的腹部，好像把脸埋在太阳底下晒的棉被中，有着像沙的味道，柔软的触感……闭上眼睛静听着从腹部深处传来的声音。那是血液流动的声音？或是脉搏的声音？在早春的村子里，他曾经听过相同的声音。那不是现实的声音，是林中所有的树木吸收宇宙的生命，膨胀、萌芽，要吐出红色新芽的声音。假如生命里存在着声音，那么少女无垢的体内，现在响着的就是那种声音。

仔细听时，发现声音中有着各种旋律。旋律唤醒了胜吕的回忆、记忆及印象。例如：幼时和母亲一起走在小路上的安全感，小路上有珍珠花构成的隧道；他问“我们结婚吧！”时，仍是少女的妻子微笑回答“好”之后，头抬起时的脸；朗读《圣经》“幸福哦！温和的人”时那位老神父的神情；那一夜蜜在耳边说“您不用担心，我会照顾您的”声音，每一句话都是他在这个世界找到的美与善的旋律。

胜吕想吸入这些生命的声音，想吸取这生命。不知何时他与男人竟合而为一，把嘴贴在蜜的腹部，用力吸着，舌头在乳头四周，也在颈上蠕动，和夫人一样想把蜜的生命转移到自己体内。老人身上到处有皱纹、老人斑，宛如被虫吃掉的枯叶、毫无生气的肮脏身体；为了挽回生机，他像蜘蛛捉住饵食蝴蝶的时候一样从蜜的身体吸取生气。腹部和乳房上，老人舐过之处留下唾液的痕迹，发出亮光。要把这肉体弄得更脏，这是接近死亡的人对充满生命力者的嫉妒。这嫉妒混合着快乐，在舌头舔着的时候炽烈地燃烧，他不由得将手放在少女的脖子上，那时，他的内部听到和刚才不同的声音。

有声音响着，那是呼叫他的电话铃声在远处响着。执拗地追他而来的那声音反复地说着“另一个你”“另一个你”“另一个你”；放火把关着女人和小孩的小屋烧掉的你；对背着十字架、全身血淋淋的男子丢石头的你;写下“我认为自己可怕,感到自己可怕”的你。

“好难受啊,先生……”

蜜微睁开眼睛挣扎着。

“请放手……”

那是细声地说“您不用担心,我会看顾您”的声音。

胜吕像是失去意识,又再度苏醒般恢复了自我。从额头到脖子都是汗,汗使他清楚地想起自己现在正要去做什么,两手正想用力捏少女的脖子。他对少女的肉体不只是嫉妒,还有更混沌的冲动之漩涡吸住他。那漩涡的力量真是太强烈了,使人无法抗拒,而从巨大的漩涡中拯救了自己的是什么?

男人站起来,转向背后,转过身时露出轻蔑的冷笑。脸颊被唾液弄脏,凌乱的头发还夹杂白发,被汗水沾湿了,这个样子就跟糸井素子画的胜吕的肖像画完全一样。他从卧室中溜出般消失了踪影。

胜吕全身感到疲劳,把头贴在墙壁上。从微暗的空间想出去时,脚步摇晃,碰到衣架,有一两个掉到地板上。他拖曳着脚步走入卧室。

蜜像死了般躺在床铺上。胜吕把眼睛转向一旁,好像加害者为掩饰自己的罪行般,把掉在脚底的毛毯给她盖上。蜜的毛衣和牛仔裤折叠得整整齐齐放在椅子上,看到那整齐的折叠方式,令他想起成濑夫人的存在,可是她没有再回来,到底去了哪里呢?

他无奈地站在窗帘紧闭的窗旁。他害怕叫蜜,他不知道被自己非礼过的少女知道真相后会有什么反应,不安地等她醒过来。

好不容易才稍微张开眼睛的蜜,好像对整个事情无法理解似的呆呆地注视着空间的某一点,认出存在于视野中的胜吕后,龇牙一笑。

“我这是怎么了呀?”

胜吕心想她是否在套话呢,犹豫了一下没有马上回答,面对那看来善良的表情,胜吕没忍住回答:

“你不知道吗?你酒喝太多了。”

“我的头好痛,阿姨呢?”

“我不知道,说不定已经回去了。所以我来接你了。”

“谢谢您!”

“不是谢谢……该说开心哒吧!”

蜜龇牙一笑。胜吕从她的笑容中感到痛苦。

“什么都不记得了吗?”

“都不记得啦。”

“也没做梦吗?”

“或许做了梦……不过,想不起来了。”

胜吕发现她的脸颊和脖子上没有唾液的痕迹。从窥视孔偷看时,清楚记得透过放大镜唾液如蜗牛爬过的痕迹般发光。

那是幻影吗?不,不可能。记忆中的一切是那么鲜明。不是颁奖典礼和演讲会时的幻影。

“还好累啊……”

“那再睡一下好了。”

少女很快又呼呼入睡。那是健康的呼吸声,是年轻生命的气息,不像胜吕夜晚被黑色梦魇缠住。自己和蜜是面对生长与面对死亡的对比,听着那呼吸声,胜吕从未像现在这样感受到对比是如此强烈、真实。

走近窗边拉开窗帘,窗棂上积着雪,房间的灯光照射在不断飞舞的无数的雪花上。

大约半小时之后蜜又醒过来,胜吕命令似的要她穿上衣服。他转过身,蜜穿上牛仔裤,把旧毛衣从头上套进去。

走出空荡荡的走廊,二人进入发出喳喳声的电梯。

“我好像做过梦。”

少女突然想起似的自言自语。胜吕什么也没说。

“梦中好像见过您几次面,这是怎么一回事呢?”

她又冒出这么一句。

柜台上仍然传出打字的声音。胜吕拥着少女走到外面，穿着黑色衣服的男子，佯作不知连头都没回一个，胜吕本来想麻烦他叫辆出租车，不过看着那一切了如指掌的男子背部，就打消了这念头。

“马上就到大马路了……在那里叫车吧。”

他想把自己的围巾借给她。

“不用了，我还年轻。”蜜摇摇头，“年纪大的人要是感冒，就会像上次那样。”

雪从喜马拉雅杉上掉下来。为了不摔在车轮的痕迹上，小心翼翼走到门外时，突然有闪光灯打在脸上，不是出租车的灯光。

“胜吕先生！”

手上拿着相机的小针站在那里。

“你在这家旅馆做什么呢？”

“……”

“你果然不出我所料。把照片洗出来以后，我要揭开一切真相。”

胜吕愣愣地看着小针，不过很快就意识过来，于是拥着蜜的肩膀走开。

“背地里干这种事啊？号称是基督教徒的作家竟然……”

小针尖锐的声音像石块般敲在胜吕的后脑。但是他没有转过身来辩解或修正。

“这女孩子是谁？不是还未成年吗？”

胜吕不想让蜜听到小针的叫骂声，举手拦下急驶而来的出租车，把她推入车门已开的车内，从钱包里抽出二三张钞票放在她的膝上。

“你一个人先回去。我有些话要跟那个人说。”

车开走后，他朝着原宿的方向走去。

“我要把你的丑闻写出来。可以的吧？”

很奇怪的是那声音并未引起任何不安与恐惧。想把它当成丑闻就由他吧。从窥视孔看到的情景不是幻影，也不是噩梦。用唾液把蜜的身体弄脏的是和自己一模一样的男人。那人不是别人，也不是假冒者，而是我。是我的一半，是另一个我，今后掩饰不了，也无法否定。

“你自己不觉得可耻吗？……”

雪中，小针还在叫嚷着，那声音如同在雾中听到的从远处传来的微弱汽笛声。

雪花飞舞。他拼命往千驮谷走去，稀疏的头发和衰老的脸上，有雪花掠过，消失了，落下，融化了。汽车投射出强烈的灯光,驶过身旁,发出溅起泥巴和积雪的声音。要怎么接受自己看到的一切呢?如何整理向自己袭来的情绪呢?胜吕脑中仍然一片混乱。

“丑陋……”他说出话来了,“好丑陋!”

男人不洁、下流的淫笑,和像动物般覆在蜜身上的丑恶,那个男人……不,那个男人就是胜吕,不是别人。那个男人是丑恶的话,那丑恶就像溃疡一样隐藏在他的体内。写了多年小说的胜吕,认为无论人再怎么丑陋、恶劣,都可以找出救赎的迹象,也确信任何罪中都会有再生的能量悄悄地鼓动着。因此,即使有点难为情他也还有信心自称是基督教教徒。可是从今天起,不得不承认这丑恶是自己的东西,必须从丑恶当中找出救赎的迹象。

可是,怎么办呢,如何整理这一片混乱?他在小说中从未描写过的黑漆漆的东西,确实隐藏在他的心里。那黑漆漆的东西平常睡着,在某种状况下就会突然醒过来,开始蠢动。

察觉到这情况时,他像狂人似的大叫出声。从后面开过来的出租车把灯光打在胜吕身上,稍微减低速度,可是胜吕连头也没回一个,便这样开走了。

街灯的灯光照射在有如小人跳舞的雪花上,胜吕突然发现大约五十米前也有人在走着。从背部看来好像曾在哪里见过,稍微疑惑了一下,他认出那是自己的背部,大吃一惊。对!就是那个男人。

男人没有回头,在大街上一直朝着千驮谷的方向走去。在街灯照射下有无数的白色雪花在四周跳跃着,细小的雪片仿佛发着亮光。那光充满爱与慈悲,如母亲般温柔地把男人吸进去,男人的影子不见了。

胜吕感到一阵晕眩,他注视着男人消失的空间。光逐渐变强,连胜吕也被包围,在光线中雪发出银色的光辉,触在脸上,抚着面颊,融在肩上。“请怜悯我!”胜吕不由得说出,“请怜悯精神失常的人!”

模糊地记得那是波德莱尔的诗,或许不是,但是管不了那么多了,他只觉得这句诗最能表现他现在的心境。“人为何活着?为何而有人?在全知的你的眼中……是否也把人看作怪物呢?”

九

两天前，背阳地方仍残留着肮脏的积雪，因昨天和今天的放晴现在已完全消失了。妻子用吸尘器打扫客厅，胜吕整理送来的邮件。

“这是很现实的，前几天还担心寒冷的日子不知会持续到什么时候；但是现在日子一暖和，就把膝盖疼痛的事全给忘了。”

“你和我不同，你的内脏正常，可以活得久的。”

“今天一直在这里工作吗？”

“下午，笔会要开理事会。”

“一听到笔会，”妻子的脸上抹上一层阴影，“我就想起加纳。”

“是呀。最后一次见到他也是理事会结束之后。”

胜吕跟往常一样，和妻子继续交谈，与以往一样重复着夫妻间的话题。胜吕心想这出戏要演到什么时候呢？当小针把照片卖给杂志社，散播到社会上时，该如何向妻子说明呢？

当然，他已下定决心。他知道最后妻子不可能不原谅自己的，可是到最后的结果产生为止，他必定会看到妻子的惊吓、伤心、痛苦等，那将是多么难以忍受的事？而那时候他又要怎么向妻子交代呢？

“上一次在义工讲习会中听到奇妙的事情，是看护濒死患者的故事。”

他假装看邮件，整个身体都变得僵硬；妻子说不定和成濑夫人谈过话，他感到不安。

“护士长出席了会议，听她说，到现在为止有好多人死了又活过来。”

“是吗？”

“听说那些人都有很类似的经验。他们在死亡之前都非常痛苦，然后清楚记得自己离开了自己的肉体；也看到家人围在自己的遗体四周哭泣，以及医生检查他们心脏的病房情景。”

“这样吗？”

胜吕笑了，有点愚弄的味道。这种话他听过好多次，可能是当事人醒过来之后，把幻觉和体验混在了一起。

“死后,听说会被一种无法形容的橙色光包围,还能感受到被光照射的自己,听说光很柔和。”

他没有回答,想起雪中看到的光,是橙色的光,在光的照射下,他感到一种说不出的宁静;可是,他没把那件事告诉妻子。

“活过来的女患者说,在光中她确信自己是深深被爱着的。”

“被谁?”

“被光深处的神。”

“你见过成濑太太吗?”

“没有。她不是一直都在医院里的。”

他从大量邮件中抽出必要的带入自己的小书斋。小台钟发出轻微的声响,在笔筒中的铅笔和圆珠笔静静地等着他在桌前坐下,只有这里是他唯一可以露出谁也没见过的面孔的地方。

胜吕抽出印着自己名字和地址的信纸,写信给成濑夫人。

“那天晚上,因为您突然回去,我无法告诉您后来的心情。所以,我才写这封信,也想借写信整理一下混乱的情绪。的确您对我……”

写了一段,再念一次,撕掉了。他发现即使写信也平静不了混乱的情绪。他拿出别的信纸,再一次思考。他不知这心情要向谁吐露。

“加纳……”

胜吕写下死去的友人名字取代成濑夫人。

“我不知你现在在哪里,虽然不知,不久我也会到那里去的。所以写下这封永远无法投递的信。

我不知衰弱原来是这么一回事。和你们在目黑区交谈的青年时代,还有壮年时代我都很乐观,也一直以为老年就像从爬上去的丘陵静静地看沐浴在午后温和阳光下的平原,至少在自己的人生和文学上能产生类似信心的东西。

可是今年的冬季,连续听到死亡的跫音后,我清楚知道了衰老是什么。衰老至少对我来说不是不惑、清明、圆熟,而是丑恶,像噩梦似的。面对死亡时既无法自我欺瞒,也无可逃之处。

年老后,我逐渐暴露出连自己也不知道的自己。不认识的自己在梦中出现,在幻觉中出现,成为你为我担心的假冒的我——不,他已开始成为另一个我,那是连跟妻子也说不得的丑恶的我的灵魂……我绝不是你在颁奖典礼时所说的那种伟大的形象。

从前曾在某书上看过:青年时人因肉体而生,中年时因智慧而活,老年时因要到下一个世界而活。一般说来人越老对下一个世界的投影就越敏感,而现在展现在我面前的丑恶世界,是否也是要到下一个世界的送别仪式呢?

丑恶的世界要教我什么呢?我完全不知。我微小的希望是:光是否也能照射到这丑恶的世界来呢?

你死亡之前背部看来极为疲倦。虽然你没告诉我,或许你的心情也一样很混乱,掉入不安的漩涡中挣扎着。在你遗容的眉间有着痛苦的阴影,那是什么呢?"

下午,到T会馆参加笔会的理事会。胜吕和加纳不同,很少出席这理事会,看到友人的死,心想为了故人也不该缺席。到达时会已经开始了,曾出席过圣地亚哥笔会的外国文学家正在报告会议的情况。听报告的理事当中,当然找不到加纳的影子。

"在分会上,约翰内斯堡残杀黑人的问题成为讨论的焦点……事实上黑人还被逮捕。"

听着外国文学家的说明,胜吕心想小针不知是否已把那照片拿到某家出版社了。

眼前宛如看到"基督教作家带女初中生到宾馆"这样的标题,要是下星期被公开出来,理事们会是何种表情?他们会装作不知道,还是会劝他退会呢?

“会议通过了抗议拷问和残杀黑人的决议……希望日本也采取同一步调……”

胜吕想起成濑夫人和丈夫之间的性生活。自己和残杀者又有何不同?自己的内心也有着同样的欲望,怎么说得出绝对不会呢?即使天真的小孩心中也隐藏着虐待无抵抗能力者的欲望。日本到处都有小孩对柔弱同学妄加私刑的事件发生。

“胜吕先生您反对吗?”

突然间被问到,他慌忙地问:“什么事呢?”

“赞成的话请举手。”

“好。”

胜吕举起手,心中却嘟囔着:“伪善者!你还想骗人,在骗自己中活下去吗?”他站起来,做出要上厕所的样子,走出房间,用洗手台的水洗脸,映在镜中的是一张衰老的脸。

“这一阵子没有电话骚扰了。”

上床后,妻子从穿着的西式女睡衣中伸出手,关掉床头灯,想起来似的说。

“电话?”

“三更半夜打来的电话。”

胜吕闭上眼睛。

“说不定还会再打来。”

妻子没再接下去说,不到一会儿就听到平稳的呼吸声。那呼吸声像是胜吕无法闯入的世界之旋律。这个女人死的时候可能也就像睡着般停止呼吸了吧。

他像往常一样无法马上入睡,在闭上的眼中有白色的东西出现。白点渲染开来似的逐渐扩大,最后变成光线。那照射在飞舞的雪花上,包围他的橙色光,到底是什么呢?难道是无数的雪形成的错觉吗?……他睡着了。

梦中,他弓着背在工作。黑暗的书斋,桌上的钟发出规律的声音。只有这里才是他休憩的场所。

“是呀。”他听到妻子的声音,“比起在我身旁,你更喜欢那里。”

他站起来想打开门和妻子辩解,妻子果然已知道他心中的秘密。

“你说什么蠢话呢?”

门关得很紧,虽然用整个身体去推,还是纹风不动。

“在那里也无所谓,我并没生气呀。是啊,那里是你母亲的肚子,在那里你才能安心呀!”

听到这些话，他才意识到原来这房间是母亲的胎内，不错，的确是母胎，他点点头。从前他听到的桌上的钟声原来是自己心脏的鼓动声，而房间的阴暗与潮湿是因为胎内黑暗与充满羊水。他想起孩提时代穿着浮袋躺在海上时的感觉，而现在浮在羊水里，泡在那白色液体中，想起自己睡了好久好久。以整个身子体会，享受到受保护的舒适感觉，他又逐渐有了睡意。过了一阵……

“醒醒，”突然传来妻子的声音，“快起来呀！”

从未听过妻子如此急迫而强烈的声音。

“你现在要出生呀！要从这里被推到外面的世界。”

身体仍然觉得非常疲倦，他还不想动，但是羊水已开始用力推，开始动起来的羊水力量又增加了，有一种令人窒息的感觉，他感到害怕。

“起来呀！到出口去，”又听到妻子的喊叫声，“到外面去，留在这里会变成死胎的。”

他恐惧地挣扎着，粪尿都排泄出来，沾满全身，头拼命往子宫口挤。这时，想回到刚刚在子宫中熟睡的感觉，与要同这感觉相对抗的意识混在一起。有一股力量抓住他的脚要把他拉回子宫熟睡，另一股力量则想把他推到外面去。

“我怎么了？”

他醒过来问。

“你刚才大声喊叫……到底是怎么回事?”

“没什么。”胜吕感到脖子都湿了,“原来是梦啊。”

“吓了我一跳,我去倒杯水来。”

“不,不用了。”

梦中的记忆还很鲜明,挣扎的恐惧感再次复苏,他仿佛看到从子宫照射进来的光线。

这就是东野所说的人出生时的情景啊,原来在子宫中是会那么恐惧的。显然多少受了东野的影响吧。

在羊水里的熟睡,那是一种有着无可言喻的安心与快感的睡眠。胜吕知道即使离开那儿,还会想再回去。因此,即使是白天,在微暗的小房间工作时听着钟声的滴答,就会产生一种说不出的安全感。每一个人内心深处都隐藏着想回到那熟睡状态与享受那快感的欲望。

这时,宛如受到某种启示似的眼前现出糸井素子的表情,那是嘴巴半张开、舌头蠕动着的脸,是完全陶醉的脸。那正是回到子宫,浸泡在污秽的羊水中的欲望。因此,她才像被羊水弄脏似的渴望被蜡油沾身。而我不也一方面感到死亡的接近,同时还想再一次体验在子宫内的恐惧感吗?捏紧蜜的脖子不正是希望在子宫中安然熟睡的我,与无论如何非走出子宫不可的我格斗的表现吗？人体验到死亡的滋味有两次，一次是从子宫出来时，一次是年纪大要离开这世界时。

而从子宫中看到的迎接他的光——他把包裹着无数飞舞的雪花，和包围自己的光，跟那光重叠在一起——是他不久之后要踏入的下一个世界的光吗？……

妻子从编织物中抬起头来注视着丈夫说：

“我现在……可以问你件事吗？”

“什么事？”

“你是不是还有一些没和我说的话？”

“没有呀！”

“坦白说好了，没关系的。都已经是这把年纪了，我不会吃惊的。”

“没事的，不用担心。”

妻子好像看穿胜吕似的，眼光并未马上移开，过一会儿才露出作罢的微笑。在长久的岁月中，她对丈夫小说家的身份已经习惯，她分寸拿捏得准，深知也有自己不宜干涉的界限。从胜吕眼中，她虽然无法了解事情的真相，可是早就看出丈夫今年冬季在为某件事所苦。

胜吕突然觉得妻子是不幸的，非常不幸，不由得把已经冲到喉头的坦白像吃药似的又吞下去。说出来也于事无补，那是妻子无能为力的复杂问题，他所面临的不是作为小说家，而是作为人的问题。他知道那照片被公布之后迟早会真相大白，那时他不知该如何向她说明，想到这里不由得黯然。

栗本打来电话。

“今天，您有时间吗？”

“是稿子的事？”

“不是，”栗本的声音很紧张，“社长想直接和您见面……您什么时候方便？”

“社长？”直觉地知道是为了那件事，“今天可以是可以，不过，我个人也有点事想和社长谈，我去拜访他好了。”

挂断电话后，脑中浮现出社长巨大的躯体和大大的脸。他本来是大学医学院的副教授，出版界重镇的岳父因脑出血倒下后，才转进领域完全不同的世界。栗本等年轻员工非常尊敬这位社长。

大概因为这两星期来下的决心，切断电话后，胜吕心里反而踏实。换上外出的衣服后，叫了辆无线电传呼出租车。

出版社的柜台可能已经接到吩咐了，出来迎接他的不是栗本，而是秘书科的女职员，她很客气地鞠躬，带他搭电梯。

带他到大房间后,女职员又很客气地行礼后离开,坐在沙发上的胜吕浏览墙上挂着的鲁奥的大幅画。不知是《圣经》时期的某村子,还是法国的乡村。用布包着头的三四个农妇站在路上,路的两旁是油漆剥落、看来寒碜的农家并列着。在夕阳落在地平线上的鲁奥独特的画中,一看就知道农妇和油漆剥落的房子象征人生,夕阳象征神的恩宠。温和的人哪!胜吕从这幅画中感受到那位老传教士的世界,妻子的世界;但是那世界距离他从窥视孔中看到的另一个世界实在太遥远了。纵使夕阳余晖照射在温柔的农妇身上,但是成濑夫人和自己的世界……

听到敲门声,进来的是社长和总编辑星井。社长用手示意胜吕不用站起来,自己坐到对面的沙发上,星井恭敬地坐在旁边。

"在这么冷的日子劳驾您来真是抱歉。"

从女员工端茶进来到退出房间为止,社长故意笑着说出版界不景气的事,等到剩下三人的时候说:"事实上,劳驾您来是……"

社长没有马上接下去说。

果然如预料的那般。

"那个采访记者拿了您的照片来……说准备写篇报道。

刚开始是星井接待他，可是他表明要来跟我谈。”

厚厚的两只手交叉着放在膝上，社长故意把视线移向别处，避免瞧见胜吕的狼狈相，尽管如此，胜吕仍然似被宣告要动大手术时的心情听社长说话。

“本社出版了很多您的书，要是因为这种照片破坏了您的形象，以后对您和本社都会有不良的影响，因此我以对方开的价钱买下了那照片和底片。”

胜吕不知要做出何种反应才好，只有点点头。

“要那个采访记者答应不会泄漏给其他社之后，由星井和我把照片和底片烧毁了。”

社长沉默了一下，放在膝上的双手摩擦了几下，似乎在寻找下一句话。

“我想事情到此已经告一段落。”

“谢谢您。”

“这件事除了我与星井之外，连负责协助您的栗本在内都不知道。”

“我明白了。给您……添麻烦了。”胜吕深深地点头致谢。

“奇怪的谣言要是传开来就麻烦……”

社长到此结束这话题，改变话题闲聊了三五分钟之后：

“把一切忘掉吧。”

对方先起立，因不想让胜吕感到难堪，顾虑得极周到。总编辑星井还送他到电梯口，小声地说：

“请放心！”

走出外面，胜吕觉得好冷。虽然已是春天，天空仍然阴沉，了无生气，这是个寒冷的下午。他心想妻子的关节可能又痛了吧。排出废气的成列汽车，尚未吐芽的行道树，油灯和电取暖气的大拍卖，一切如常。没想到是以这种结果落幕，可是他心里并没有已获救的感觉。照片和底片被烧掉了，可是那个男人并未被烧死，他仍然活在胜吕心中，浮现出轻蔑的微笑。

男人和胜吕以往所写的“罪”没有任何关系。罪有它的界限，虽然也包含救赎，但是和那个男人成为一体时的胜吕在大旅馆所体验到的冲动并无界限。胜吕还记得很清楚那种非到极端、终点不可的激情，他不但污染了蜜的身体，最后还想掐紧蜜的脖子。

他经过花店前面，店内摆满象征春天已近的雪柳和连翘花，花香一直飘到店外。隔壁咖啡厅的大玻璃窗内侧有三四个年轻小姐，围着桌子似乎谈得很融洽。其中一人发现了胜吕，就告诉旁边的朋友。胜吕心想反正她们也不知他的底细，就回她一个微笑。

星期日。

因为是复活节后的星期日,教堂里的人比平常多。祭坛背后,消瘦的那个人张开双手,低着头。毫无抵抗力的那人满身是血地拖曳着脚步走向刑场时,挨骂,被丢石头。看到他痛苦的样子,产生快感的群众——胜吕迄今为止从未想过这些群众。要是那时候自己也在场,他不敢保证不会对那个人丢石头;看到他痛苦的样子,不敢说自己绝对不会产生快感。

下午,到写作坊,又去代代木公园找蜜。穿着像韩国人的服装的少女们围成圈子跳舞,把头发染成金色、如鸡冠般竖起的少年们戴着墨镜,得意扬扬地东逛西晃。看热闹的群众聚在天桥上观看这奇怪的舞蹈。在人群和卖物摊旁,看不到蜜的影子。

念头一转,心想或许她在医院也说不定。年纪大的关系,他懒得再走路,走到车站叫了一辆车,绕了一圈在医院附近下车。

星期天医院的药局前和候诊室里都看不到患者,也没有探病的访客。在椅子上坐了一会儿,胜吕呆望着从窗户射进来的冬阳。

不知哪里传来婴儿的哭泣声。可能是在小儿科病房哭的吧,可是小儿科病房应该不可能在一楼。戴着眼镜的中年护士走进大门，环顾室内，看到呆呆坐着的胜吕很惊讶似的问：

“您是胜吕先生？”

他回答“是的”。

“您来探望谁？我是护士长藤田。”

“啊，”他急忙打招呼，“内人也在义工群……”

“您太太很热心，”护士长笑了，“有什么事呢？”

“没有。我来看看叫森田蜜的女孩有没有到这里来？”

“啊！是蜜。不知今天是否来了。”护士长似乎听说过蜜的事，“听说在贵府工读。我帮您去问问内科病房的护士站看看。”

“不用了，我自己去问就好。”

护士长为他按了电梯的按钮。

“我想打听一些奇怪的事。”在电梯里为了打发两人之间的尴尬他故意找话题，“上次听内人说，从护士长您这儿听说有患者死后复活。失去意识的人是否大家都有相同的体验呢？”

“哎哟，”护士长不好意思地笑了，“您太太连这样的事也对您说呀？我只是闲聊罢了。”

电梯停在三楼，“吱——”的声音使他想起那家旅馆的电梯。

“是真的吗？”

“您应该了解得更清楚呀！不过，那患者是这么说的。”

“听说被光包围了……是真的吗？”

“这个嘛，”护士长疑惑似的说，“是真是假，我就不知道了。”

“成濑太太还好吗？”

“最近都没来。”

护士长替他问了护士站的年轻护士，回答是少女没来。

他道了谢，又下到一楼来，坐在候诊室的椅子上，想起夫人在四楼充满爱心帮助小孩做复健工作，说童话故事给小孩听的神情。

胜吕看到墙上贴着护校的招生广告时，心想让蜜去念好了。要是她有心去念，一定帮她忙。

晚上，他把这念头告诉妻子。

“我很赞成，”妻子在隔壁床铺上回答，“你倒是想到了好主意。很适合蜜的个性，不过成濑太太是否会赞成呢？”

“大概不会反对吧！”

他关掉床头灯。

半夜，远处的电话铃响吵醒了他。铃响一直响个不停，是在呼唤他，醒过来的妻子也正听着……

附　录

《丑闻》的世界

林水福

一、对罪的探讨是远藤文学的底流

从《诸神与神》的一九四七年到一九九六年为止，远藤周作将近五十年的写作生涯里，除了小说外，还写了大量的杂文，且文体不一，种类繁富，有讽刺时事、社会百态的；也有诙谐有趣，描述人物的。小说家的真正本领在哪里呢？无疑的是他的长篇小说。一九八六年十一月远藤访华期间，笔者曾当面请教他自己最擅长的是什么。他回答：“每一位作家都有他最能发挥的字数，像芥川擅长写短篇小说，我自己最适合的字数是十二万到十五万字之间。”证诸远藤的实际创作，相信会有同感。不过，除了长篇小说外，短篇小说亦不乏感人至深的珠玑之作;至于杂文,最能显现出现实生活中的性格。

《沉默》(1966年)无疑的是远藤创作的第一高峰。经过十四年的岁月之后,一九八〇年远藤以《武士》(原题《侍》)再创第二高峰。《武士》中使用的是宗教文学中特有的转换方法,如谎言不知不觉中变成祈祷;人的罪也不知不觉中转变为神或佛拯救人的途径。

远藤文学的特征是对宗教中的罪赋予新的意义与价值。喜好描写人的罪的远藤,暗中摸索的结果,是罪中隐藏着再生的欲望,任何罪中都潜伏着想要从现在令人窒息的生活或人生当中找出活路的欲望。远在《黄种人》中,他说:

> 我没有罪的感觉。与其说不知,不如说我身上似乎不存在罪的感觉。

长久以来,罪的探讨一直是远藤文学的底流,有如钢琴的低音主调。

二、描写现实的一面,也描写潜藏的一面

一九八六年,远藤发表了《丑闻》。

《丑闻》这部小说,远藤本想取名为《老人的祈祷》,但是出

版社认为原题力量薄弱,不够吸引人,乃改现名。故事的梗概是:六十五岁的基督教作家胜吕,在颁奖典礼的晚上突然看到自己的幻影——和自己一模一样的男子;而这位男子(社会上认为是作家胜吕本身)经常出入歌舞伎町不良场所的谣言,逐渐传开来,胜吕于是想追查真相。后来无意中认识了成濑夫人,借着她的帮忙,胜吕最后在旅馆中看到假冒者的真面目——那不是别人,正是自己。此外,故事环绕着这些人物展开:想揭发胜吕丑闻的采访记者小针;以及和成濑夫人陷于SM(虐待狂与被虐待狂)游戏,最后走向不归路的街头画家糸井素子;同是笔会理事的好友作家加纳,一直担心谣言会对胜吕有不利的影响,最后遽然死亡;还有一直生活在远离他不安与苦恼世界中的妻子;心地善良的女中学生森田蜜,胜吕介绍她到自己的写作坊工读,后来森田蜜在医院里和担任义工的成濑夫人认识,上述胜吕发现假冒者的一幕,就是在旅馆中和森田蜜发生肉体关系时发现的。丑闻事件在出版社社长向小针买下照片的底片中落幕了,然而深夜里宛如要揭发他真相的电话,却仍然响起,似乎在说明胜吕的不安仍未消失,也预告着胜吕(作家)新的出发!

日本的学者、批评家,对《丑闻》的评价各殊。之所以会产生这种现象,和它的构造有很密切的关系。表面上看来,这部小说似乎是采用日本“私小说”的写法(其实比私小说更繁杂),把作者身旁发生的事直截了当写出来,而且从主角胜吕与少女森田蜜发生关系的描写和窥视屋、SM 游戏、幼儿游戏等的描写来看,也难怪有人把它当成是风俗小说,认为“观察、取材自日新月异的新宿‘黄色产业’的成果,构成《丑闻》这部小说的核心部分”。

事实上对窥视屋、SM 游戏等的描写不过是这部小说的表层罢了,绝不是这部小说的核心部分。远藤在与上总英郎氏的对谈(载《波》1986 年 3 月号)中也屡次提到这部分缺少真实感。

远藤要探讨的一个大目标仍然是人。《丑闻》中他再次提出:“最重要的是描写人。”“这是作家的第一目的,最重要的是探讨人的内心深处,这是作家的绝对义务。而这个目的与义务,无论他是左翼作家也好,或是像我一样不是纯正的基督教徒也好,是不会改变的。至少到目前为止,我并没有因自己的宗教信仰而美化了作品中的人性。”一九八六年造访中国台湾期间,作者曾说:“人,除了生活在现实社会中的自己之外,还隐藏着不轻易露出的另一方面,不管是现实的一面或是隐藏的另一面,毫无疑问的都是自己。只描写现实生活中的一面是宗教,而不是文学。”

因此,我个人对这部小说的看法是:胜吕因为年老,一方面感受到死亡的压力,另一方面也企盼恢复年轻时代的活力。文中透过胜吕对森田蜜肉体的需求,代表着对失去东西之惋惜与寻求恢复的心理,而主角胜吕表面上是功成名就的大作家,但代表着隐藏的另一面的假冒者,出入窥视屋、幼儿游戏等风化场所,以及胜吕对成濑夫人感到"性"趣,假冒者最后和森田蜜发生肉体关系等来看,正是现实生活面——胜吕,与隐藏着的另一面——假冒者的基本构造的交织运用。

成濑夫人表面上是大学教授的遗孀,白天到医院当义工照顾儿童,甚至于祈求上帝,愿意代替小孩去死;但是另一面却和糸井素子沉溺于SM游戏,以及听丈夫诉说在中国战场上用火烧房屋,把从屋中逃出的女人、小孩射杀的故事时,竟产生从未有过的、无可言喻的快感,这是成濑夫人隐藏着的另一个面目。同时,《丑闻》中,远藤从另一个角度——恶——探讨人,而扮演恶的角色正是成濑夫人。

另外,年轻的中学女生森田蜜与年老的胜吕相对,扮演的是"性欲"的问题。

三、对年老、性、恶的探讨

五六年前远藤看到同年龄的朋友,和比自己年轻四十岁的女中学生订婚,后来却又和另一个女性结婚,当然心想"什么时候把这种奇妙不可思议的关系,拿来当小说的素材"。恐怕那时候连他自己也没想到在《丑闻》中那位朋友却变成作家自己(见同上述与上总氏的对谈)。

作品中,胜吕也说想把手头上写的短篇小说取名为《他的老年》,而准备一两年后写的长篇可能取名为《丑闻》或《老人的祈祷》。然而作者为何这么"执意"于老人呢?

是否因为年老的关系,这阵子睡得很浅,一晚上做好几次梦,而且每一个梦都是独立的,每做完一个就醒过来一次。醒来后凝视一阵子漆黑,脑子里老想着不久就要来临的死亡问题。他今年已六十五岁了。

前阵子,做过这样的梦:梦见和芥川龙之介相对而坐,芥川穿着寒碜的单衣式和服,低着头,两手交叉放在胸前,一句话也没说。他突然站起来,穿过背后的门帘进入邻室。我知道邻室是死者居住的世界,但是没多久,芥川又从那门帘穿出回到这房间。

两人(指胜吕和妻子)就这样静静地生活,静静地迎接死亡的到来。文学方面,只要把以前的创作再加深就可以了,不想再突破,也不去冒险。

以六十五岁而言不算高龄，但是对肺部动过三次大手术的人来说，就难免意识到年老，意识到死亡脚步的接近，因此有“只要把以前的创作再加深就可以了，不想再突破，也不去冒险”的“苟安”心理产生；可是另一方面梦见芥川龙之介是否意味着不甘就此罢休，隐藏着寻求突破，想超越芥川的潜在意识之表现呢？他在与上总氏的对谈中指出：“由于年老的缘故，对无意识之底，像大宇宙似的包围自己的世界的感觉越发强烈。”远藤想写的不只是意识的生活，还要描绘出“包围着另一个自己，给予爱和慈悲，充满着光的世界”。可是，作品中胜吕所担负的“年老”主题，并未发挥得淋漓尽致，只不过是恐惧丑闻暴露出来，显现出不安与苦恼的狼狈状罢了，以作家的造形而言，过于平凡，力量薄弱。

前面说过书中成濑夫人所扮演的“恶”的角色。她从第二章才出现，到了故事尾端，从旅馆中消失后即未再出现，很明显的是个象征性人物，比喻性的角色。书中末尾部分，和成濑夫人的来信等触及作者深层主题部分是作者成功之处。而对恶的探讨，是远藤文学的一大转变，值得拭目以待。

男人站在出入口旁边，又露出曾见过的同样微笑。

(你是在撒谎……)

恍惚中胜吕听到男人的嘲笑声。

(你真的正视人类的黑暗面吗?你不是小心翼翼地写一些不会损害到读者对你的形象的事吗?就好像你对待你太太那样。)

(没有这回事!我也在尽力探讨人的黑暗面、污秽面。)

(不错!你描写的是总有一天会获救的"罪",如同你所喜欢的基督教作家们一般,可是你避开了另一个不想去探讨的世界……)

(所谓另一个世界是……)

(恶啊!就是那个恶,罪与恶是不同的。)

罪是下降的,但是当发条反弹,仍有救赎的可能;而恶是在下降中不断追求无限的快乐终至于无,亦即死亡。远藤认为对神的绝望才是真正的罪,此外,任何罪中都隐含再生的可能,都可以获得救赎。至于"恶"呢?是否也有获得救赎的可能呢?

另外,森田蜜身上透露出的"性欲"问题,也是远藤早就想探讨的东西。早在到法国留学之前写的评论《富兰索克·摩略克》中,评论摩略克性与认识的问题后说:

> 你现在剩下的只是“性欲”的问题。

可见远藤早就把“性欲”看作是重要的问题。此外，在一九五〇年六月到一九五二年八月为止的《作家日记》（留法日记）中一再出现如“想追求的是彻底探讨性欲的问题”“想探看性欲中人的根源之秘密”等字眼。《丑闻》中，作者描写着：

> 看着少女的裸体，他想起这把年龄所丧失的一切……如加纳已死般，自己离开这世界的日子也不远了；但是在这天真的睡脸和尚未完全成熟的乳房上，却存在着未来。胜吕心想要是把脸凑近那硬挺的乳房，一定可以嗅到苹果般的芬芳，那是在成熟女人——但同时也隐藏着衰老阴影——的乳房上，绝对闻不到的香味。胜吕有一股冲动想尽兴地吸那香味，只要吸那香味，这老朽的心灵和体力就会恢复过来。
>
> 男人体会到的感觉直接传给胜吕。和自己一模一样的脸接近少女的腹部，好像把脸埋在太阳底下晒的棉被中，有着像沙的味道，柔软的感触……闭上眼睛听着从腹部深处传来的声音。那是血液流动的

声音？或是脉搏的声音？在早春的村子里，他曾经听过相同的声音。那不是现实的声音，是林中所有的树木吸收宇宙的生命，膨胀、萌芽，要吐出红色新芽的声音。假如生命里存在着声音，那么少女无垢的体中，现在响着的就是那种声音。

胜吕想吸入这些生命的声音，想吸取这生命。不知何时他与男人竟合而为一，把嘴贴在蜜的腹部，用力吸着，舌头在乳头四周，也在颈上蠕动，和夫人一样想把蜜的生命转移到自己体内。为了挽回生机，他像蜘蛛捉住饵食蝴蝶的时候一样从蜜的身体吸取生气。腹部和乳房上，老人舔过之所留下唾液的痕迹，发出亮光。要把这肉体弄得更脏，这是接近死亡的人对充满生命力者的嫉妒。这嫉妒混合着快乐，在舌头舔着的时候炽烈地燃烧，他不由得将手放在少女的脖子上……

除了在森田蜜身上对性的描绘着色较为浓艳之外，在成濑夫人、糸井素子等的身上，作者也都刻意涂上几笔。作者是想从性欲当中显现出“恶”，而恶中往往含有官能享乐，很容易使人一直沉沦下去，终至于无法自拔。素子的自我结束生命，不也就是“恶是在下降中不断追求无限的快乐终至于无，亦即死亡”的一个“实例”吗？胜吕在与森田蜜发生关系之后内心的思维：“对少女的肉体不只是嫉妒，还有更混沌的冲动之漩涡吸住他。那漩涡的力量真是太强烈了，使人无法抗拒，而从巨大漩涡中拯救自己的是什么？”“拯救自己的是什么？”换句话说罪中隐含生机，仍然可以获得救赎，然而“恶”的性质是什么？是否仍然可以获得救赎呢？

四、远藤文学第三高峰的来临

《丑闻》中，成濑夫人、胜吕之妻、小针等都只在胜吕身旁，或周遭依各自的轨道行走，恶、性、年老三者并未交织成浑然的一体。再者风格部分，作者企图赋予读者真实感的类如私小说的语气，似乎造成文体的不统一。

对“老年”“恶”新主题的探讨，以及对“性欲”做正面的接触，说明作者虽然意识到年老的压力，但仍有旺盛的企图心，积极寻求突破；况且如他所说的“我不以私小说的形式来写，要用更大的布局来写”，远藤继《沉默》《武士》之后，再创第三高峰也是集大成的《深河》。而《丑闻》正是远藤迈向第三高峰的“序作”！

版权合同登记号:图字:11-2018-127号
翻译版权合同登记号:图字:11-2019-170号

图书在版编目(CIP)数据

丑闻/(日)远藤周作著;林水福译.—杭州:浙江文艺出版社,2020.1
ISBN 978-7-5339-5869-5

Ⅰ.①丑… Ⅱ.①远… ②林… Ⅲ.①长篇小说—日本—现代 Ⅳ.①I313.45

中国版本图书馆 CIP 数据核字(2019)第221680号

策划统筹:曹元勇
责任编辑:李 灿
文字编辑:刘梦蝶
封面设计:人马艺术设计·储平
责任印制:吴春娟

丑闻
[日]远藤周作 著
林水福 译

出版 浙江文艺出版社
地址 杭州市体育场路347号 邮编:310006
网址 www.zjwycbs.cn
经销 浙江省新华书店集团有限公司
印刷 上海中华商务联合印刷有限公司
开本 850毫米×1168毫米 1/32
字数 160千字
印张 9.375
插页 6
版次 2020年1月第1版
印次 2020年1月第1次印刷
书号 ISBN 978-7-5339-5869-5
定价 58.00元(精装)

版权合同登记号:图字:11-2018-127号
翻译版权合同登记号:图字:11-2019-170号

图书在版编目(CIP)数据

丑闻/(日)远藤周作著;林水福译. 杭州:浙江文艺出版社,2020.1
ISBN 978-7-5339-5869-5

Ⅰ.①丑… Ⅱ.①远… ②林… Ⅲ.①长篇小说—日本—现代 Ⅳ.①I313.45

中国版本图书馆CIP数据核字(2019)第221680号

策划统筹:曹元勇
责任编辑:李 灿
文字编辑:刘梦蝶
封面设计:人马艺术设计·储平
责任印制:吴春娟

丑闻
[日]远藤周作 著
林水福 译

出版 浙江文艺出版社
地址 杭州市体育场路347号 邮编:310006
网址 www.zjwycbs.cn
经销 浙江省新华书店集团有限公司
印刷 上海中华商务联合印刷有限公司
开本 850毫米×1168毫米 1/32
字数 160千字
印张 9.375
插页 6
版次 2020年1月第1版
印次 2020年1月第1次印刷
书号 ISBN 978-7-5339-5869-5
定价 58.00元(精装)